刘成信/主编

中国杂文
ZHONGGUO ZAWEN

（百部）卷八

田仲济集
TIANZHONGJI JI

吉林出版集团股份有限公司
全国百佳图书出版单位

图书在版编目（CIP）数据

　　中国杂文百部．现代部分．第8卷．田仲济集／田
仲济著；刘成信主编． -- 长春：吉林出版集团股份有限
公司，2014.9
　　ISBN 978-7-5534-5474-0

　　Ⅰ．①中… Ⅱ．①田… ②刘… Ⅲ．①杂文集—中
国—现代 Ⅳ．① I26

　　中国版本图书馆 CIP 数据核字（2014）第 210975 号

田仲济集

TIANZHONGJI JI

出 版 人	吴文阁
作　　者	田仲济
主　　编	刘成信
责任编辑	金方建
封面设计	梁文强
开　　本	650 mm × 950 mm　1/16
字　　数	80 千字
印　　张	12
版　　次	2015 年 1 月第 1 版
印　　次	2020 年 5 月第 1 版第 3 次印刷
出　　版	吉林出版集团股份有限公司
发　　行	吉林音像出版社有限责任公司
	吉林北方卡通漫画有限责任公司
地　　址	长春市泰来街1825号　　邮　编：130062
电　　话	总编办：0431-86012893　　发行科：0431-86012770
印　　刷	三河市华晨印务有限公司

ISBN 978-7-5534-5474-0-02　　　　定　价：28.50 元

《中国杂文》(百部)
总 序

刘成信

一

　　人类的文学艺术,源远流长,丰富多彩。随着社会的推进、发展,其分门别类日益精细——从最初的歌曲、舞蹈、神话、故事等逐步演绎出诗、散文、小说、戏曲。直到上个世纪初,科学技术与文学艺术融合,又有了电影、电视剧等。

　　有一种文学艺术虽然在中国问世两千余年,由于后人未给予"名分",以致到二十世纪初,才从文学艺术谱系中分野出来,这就是古老而年轻的杂文。

　　人类和自然界大体都遵循适者生存的法则萌芽、生长与消弭。两千多年来,杂文本应与小说、诗、散文、戏剧、音乐、电影等姊妹艺术一道,繁花似锦、根深叶茂。然而,它没有像先贤们渴望的那样,而是纤弱,时生时灭,时有时无,同其他汗牛充栋的文学艺术作品相去甚远。

二

　　时序到 1915 年,中华文学艺术宝库迎来新曙光,一个精灵出现了——杂文在多灾多难的中华大地,被一些先知先觉的知识分子接受了!

杂文这个新成员一俟来到华夏,其特性便与众不同——首先是符合社会发展规律,它主张顺应历史潮流。它不重复生活,不还原历史,不演绎过去,而最突出展示将来,预期社会走势,判断人间是非。

杂文一俟来到华夏,便告之,它向往和平、民主、科学、自由、平等、人道、富裕及真善美;杂文憎恶专制、昏聩、愚昧、野蛮、特权、贪婪、奴性、虚伪及假恶丑。杂文与其他文学艺术既相通又有自己的特性。

杂文一俟来到华夏,就融于文学大家族,与各种文学艺术形成天然的血肉联系。它不像小说刻画人物,而是粗线条勾勒人与事;它不像诗、散文等那样纤细、抒情,而是明白如话,开诚布公。但杂文能够调动各种姊妹艺术如寓言、故事、说唱、戏曲、元杂剧等"为我所用"。

杂文一俟来到华夏,它就友好地"拿来"社会科学乃至自然科学的多种文化元素。它不是政治学,但只有不迷失政治选择,才能解析身边社会的变数;杂文不是社会学,但只有掌握瞬息万变的时代脉搏,才能适应人间丛林法则;杂文不是历史学,但人总应拨开历史雾障,略知历史长河的走向;杂文不是生理学不是心理学,但它能解剖人性、解读人生、理顺人际关系;杂文不是方法论,但它无处不闪烁思想方法光芒;杂文不是文艺学,但它评价文艺现象既深刻又形象;杂文不是美学,但每篇优秀杂文无不抨击假恶丑,无不向往美、赞扬美……

理解杂文、认识杂文，才能与杂文为友，才懂得杂文的大爱。杂文真的是半部百科全书。

三

杂文打捞历史风尘，知耻近于勇。杂文对于文化批判，社会批判，历史批判，人性批判，世世代代惹来不知多少是非。

嫉妒杂文、讨厌杂文者，甚至欲将杂文从百花园中斩草除根，所以，杂文往往难以长成大树，多少代都不能像其他文学艺术那般枝繁叶茂。有人说杂文偏激，有人说杂文片面，有人说杂文招惹是非，更有人对杂文产生各种各样的误解。以至于把杂文称之为乌鸦，恨不得把一切不祥之物都推到杂文身上。

杂文，曾为作者"惹"下多少祸根，有人曾因杂文葬送自己的大好前途，多少代杂文人曾为自己带来难以洗清的污秽。

然而，实践证明，杂文只能为民众造福，世世代代多少志士仁人，曾为杂文洗刷了一切不实之词，它为人们启蒙越来越受人们欢迎。

四

本书作者共计三百八十位，分当代、现代、历代。

我们试图把1915年《新青年》"随想录"诞生前的杂文划为历代，1915年到1949年划为现代，从1949年到当今划为当代。

1915年"随想录"之前称之为杂文，主要是根据作品性质、特点，而不是按刘勰在《文心雕龙》所谈的"杂文"。

当代作家选五十位，每人一部杂文，五十篇左右。另有合集十部，每部二十几位作家，共二百多位作家，四百多篇作品；现代作家二十位，每位五十篇杂文，七万多字，另有四十多位杂文作家，十部合集；最后选七十多位历代杂文作家，均为合集，每篇作品都有注解、题解、古文今译。

当代五十位杂文作家大体是根据五点遴选的。

一、杂文创作时间超过二十年；二、曾创作有影响的杂文作品在三十篇以上；三、曾创作经典性杂文作品；四、作品强调思想倾向的同时，艺术性也不为之忽视；五、曾在国内组织带领作家创作杂文卓有成就者。

二十多年来，我曾在助手们协助下选编各种版本杂文集五十余部，选编如此大型杂文丛书，对我是一种尝试，深知其难度。这部《中国杂文》（百部）整整花费我四年时间。杂文作品浩如烟海，读数百册杂文集、数百万篇杂文作品，难免挂一漏万，特别是这部大型丛书在国内尚无参照系，错讹在所难免，恭请诸位指正。

选编者 2012 年 11 月 10 日
于长春杂文选刊杂志社

目录

烦　闷

在许多青年中常听到这样的呼声，"我怨我父亲叫我多读了几年书，使我体验到了现在的痛苦，不然我可以一生做一个无知无识快乐的老农。可是现在几年的知识告诉了我所受的是不应当忍受的痛苦，却没给我以反抗这痛苦的力量"。这确是青年心灵深处的低音。

鲁迅说："人生最苦痛的是梦醒了无路可以走，做梦的人是幸福的；倘没有看出可走的路，最要紧的是不要去惊醒他。"我以为这话是对的，在某种意义上，梦毕竟是伟大的，我们所需要的。

可是梦醒了便很难再回到梦境，觉悟了便很难再朦胧过去，读了几年书便很难再甘心去过被剥削的老农生活了。

这时，梦虽然是幸福的，但已无福再去享那幸福，醒来虽无路可走，但已不能再睡，自然也没有那样的力量，会强制着一个觉醒了的人再睡去。因此，痛苦烦闷是难免的了。

现实是痛苦的，在现实感到碰壁时，就往往

向将来发展，这便是宗教能以支配一时代的人心的原因。但受的是实际的苦痛，仅可以得到一点缥缈的永不能兑现的希望的安慰，这代价不也太大吗？

由于科学的昌明，宗教已失却了它的统治力，新世纪思想的发达，青年们更从"宿命观"的重围中突出。可是突出这一个重围中马上便陷在了另一个重围的核心中，于是悲哀痛苦齐来袭击，每个人都是政治的苦闷、经济的苦闷和婚姻的苦闷在心中交织着。

也不知道是苦闷爱上了青年，或者青年爱上了苦闷，青年一般的现象都和苦闷联结着，这却是一件实事。因此想到了人生，人生的意义和价值，甚至怀疑到一切，怀疑到自己，生活有什么可依恋呢？求学到底有什么用处呢？

这许多苦闷的来源，与其如某一部分人说的是因为社会的矛盾，毋宁说是没认清社会。社会并不是老在停着不进，前途也并不是只有黑暗，只在各人的努力和寻找罢了。在大革命时代，许多青年都积极地跑到前线上去，但几年来大半的早已退缩下来，消极下来。这并不是因为事实和预期不合，而是根本没有认清事实的缘故。最初的时候只将事实理想化了，事实并没有和理想一样的，等到头脑中的理想在客观的现实中不能实现时，便感到悲哀，消极了。这并不是现实欺骗了他，而是他没有认清现实。

我们要认清，现在社会是在急剧地向一个阶段转变，它是在极端的矛盾中发展着。这正是一个新旧交替的时代。

只要我们认清这个时代，认清前途是光明的，将我们整个的心灵寄托在这个未来的时代上，整个的努力用在希望这个时代的降临上，我们便可以时常感觉快乐了。谢天明说："资产阶级人们的精力，全付之于贪欲之中，小资产阶级人们的精力全付之于幻想之中，现在我们的精力要全付之于革命的工作中。……我们认为一切都是有意义而可乐观的，没有所谓失败，没有挫折，更没有烦恼，那些——那社会的一切，都不过是给予你经验、教训和锻炼。我们不怕生活环境艰苦而变幻不定，这才能继续不断给予我们新的刺激。"所以我们不但要将心灵从一些使自己烦闷的事情中提出，而且要将这些事情看为是磨炼我们的。

这样，我们的生活，只有加紧我们的工作，在每天工作完了后我们会甜蜜地微笑着将这一夜送去，因为一夜过去了，接着新的社会又近了一天，一天的工作又对推进时代的工作进了一步，而且单是"工作"本身已是烦闷的解毒剂了。它会驱逐烦闷，使人忘记烦恼，似如前线上的兵士，看见他们的朋友中弹死了，并没有像在安逸中的人们那样的恣情哀毁，因为他自顾不暇了，所以单是忙碌已会使人快乐，约翰生曾这样说过。

一九三三年十月

"照妖镜"

罗曼·罗兰说："艺术家的艺术，是面镜子，把现实如实地反映出来。"

艺术是反映社会的，但不是"镜子"和"开麦拉"。这就是进步的现实主义和否定的现实主义（批判的现实主义）不同之点：前者将人生看成静的、片段的，最大的特色是对于人生社会的黑暗面的指摘，后者却要把人生前进的主要方向指示出来，在发展中去描写现实，把现实看成一个发展的过程。所以不能将它看成机械地反映社会的镜子，若看为镜子的话，亦应是照妖镜。

杨二郎破梅山七怪，便是幸亏借了照妖镜将它们的本相照了出来。照妖镜和镜子的不同处便是它不是表面地映现出现实，而是深切地洞察到内部的本质。

托尔斯泰说，艺术是向前走的。它不但要展开过去的生活的镜头，而且要展开未来的生活的镜头。一个从事艺术的人都应该有这种动的艺术个观。他应当运用着正确的世界观，去解剖现实，把现实的动的姿态，从故事中展开，并且很小心地把握着正确的部分；更当看清社会的发展过程和推动这过程决定这发展的各种根本的动力。

例如洋车夫的捣毁电车，因机械的发达，工人的失业等事，若浮面地如实地反映了出来，则仅是描写了机械的罪恶。那是永远不会明白机械对于社会的关系的。卢那卡尔斯基说："一间正在进行建筑的房子，在完成以后，将成为一座壮丽的宫殿。但是在未完成的时候，你便依那种情况描写下来……连房顶都没有。你诚然是一个写实派，你是在说实话——然而这桩事实却显然是一种虚妄。"一面镜子或开麦拉，便只能做这样的反映。要知道建筑的是什么房子，是在怎样地建筑着，并且房顶早晚是要有的，则只有从照妖镜中才能窥到。

一九三四年十月二十二日

【原载一九三四年十月二十二日《青年文化》】

××年!

年而冠上一个"××",成了近几年来的时髦玩意儿。初而国货年,妇女年,据说现在又成了儿童年,自八月一日起。

我不知道所谓"××"年有什么意义,因为"××年"与不"××年"的分别,我从未看出来过。过去妇女年如此,国货年如此,如今的儿童年恐怕也将如此。是的,每一个年来的时节,都是大大地庆祝了一番,但这庆祝与不庆祝又有什么关系呢?

试看,儿童年于八月一日开幕了,山东的儿童年也于九月一日开幕了,各地一次盛大的庆祝过去后,又和平日有什么分别呢?还不是一切如故。"穷人的孩子蓬头垢面地在街上转,阔人的孩子妖形妖势娇声娇气地在家里转。"固然,我们不能因儿童年的实施,就企冀我国的儿童教育一步登天的奇迹出现,但这种从古老传下来的只是生生生的办法,生下来就叫他们在家里或街头上转,转大了就再到一团黑的社会上转的办法,我们总认为不甚应该再继续下去。

对于儿童娇生娇养固然不对，同样地，"棒头出孝子，娇养无义儿"的教育也根本要不得。可是，我国几千年来的儿童不都是在这种教育下长大的吗？除了一部分公子哥儿们外，其他的儿童便都是在恐吓、打骂、欺骗下长大的；他们长大了，被尊为爹爹时，又多半在恐吓、打骂、欺骗他们自己的儿女。

现在儿童年实施了，却一切情形都依然如故！

我们很难过：好像这个国度里除捣弄一些新名词外，什么也做不了！很显然地，所谓国货、妇女、儿童甚而至于国家，他们的情形，都不是捣弄捣弄几个新名词就可以改善的。

一九三五年八月
【原载一九三五年第五期《青年文化》】

诡　　谀

“唉……”

在路上走着，听到了这么得意的拖长的“唉”的声音。抬头一看，是从一家悬着“赛诸葛张铁嘴相士”招牌的命馆里传出来的。一个戎装青年正坐直了身子笑吟吟地在和一个穿道袍的人谈话。一看情形便知道这“唉”是从那里来的，并听了什么样的话才发出来的了。

虽“君子问祸不问福”，而张铁嘴是“有话全都说，一字不奉承”，但一个来算命的喜欢听什么话，张铁嘴是懂得的。尤其是话由以铁嘴相标榜的嘴里吐出来才格外有分量。所以说的说了，听的听了，得意地拖长了腔口“唉”这么一声，表面是装出谦逊地不信，意思说：“那样好，我还能够嘛！”实际上可是已心花怒放了。在“唉”的声音里，相金很痛快地掏了出来，交易而退，得意地走了出去。一个拿钱买了一个美丽的梦，一个拿梦换到钱，为的可以买到米来维持为人制造美梦的铁嘴。至少，张铁嘴还明白，使一个人笑容满面地走出去比拉长了面孔走出去于他更有利些。那又怎能不谄？

谄由以不谄相标榜的口中说出来，这便是张铁嘴成功的秘诀。任何人没有向对自己敷粉的人打耳光的，就是那些自命最厌恶谄谀者的人，也不能例外。他们所厌恶的是手段低劣的谄谀者，高妙的一类他们则不认为是谄谀了。"你是多么好，你是多么能啊！"这是低劣的手法，手段高妙者是不出此的。

据说某县的一个役吏，因为善谄谀，每任县长对他都言听计从。一次一位新县长自恃无论如何不听那坏东西的话，但他的决心只支持了几个月。几个月后的一天，无意中他走到那役吏的窗下，听到他正在对一个同事谈话："我们县长真傻，这么个干法，有房子赔不了地！"这话使县长的心里立刻动了，他感觉那役吏并不是怎样坏的人，而且对他是那么忠心，他疑惑过去都说他坏也许是为了嫉妒。他立即叫那役吏来问话，被问的却坚不承认曾说过什么，这役吏增加了他对于自己判断的信心。

役吏的话是专说给县长听的，然而是以骂他傻子的细话的姿态出现。县长自然喜欢这细话，因为实际上是在赞扬他。

这个县长和那个戎装青年一样，谄谀的话出

于张铁嘴，便以为是真话而相信了。这"隔窗告状"，把县长的成见当场就告倒了。

张铁嘴和那役吏是手段高妙的人，不然肚子早已饿瘪，再不能在那里仍营故业了。

一九四〇年

报　差

当差并不难，难的是报差。当无差可报时，就得寻差或造差，于是就有倒霉的了。

据说，在上海滩，一部分红头阿三就被规定每天必须办三件案子。案子怎会那么现成呢？于是黄包车夫倒霉，因为他们是往来于马路上的最弱者，就被选做了牺牲。转弯时一步走错，车垫子就被踢去。在红绿灯下的交通口，你会看到交通指挥者的身后，积着成堆的白色的车垫子，那就是他们报差的俘虏品。当差者为了报差，无论本心愿不愿意，都是这么做着，除非是自己不想干了，并且其中有的连不干的自由都没有。据说，不干，就得死。

翻阅史乘，才知道这种拿他人做牺牲，无关亲朋或无辜，都当做自己生活的材料的实古已有之。《感应篇汇录》中就有这么一个故事：

唐则天朝，禁屠宰。拾遗张德生男，私杀羊，会同僚杜肃怀肉奏之。明日后召德曰："闻卿生男甚喜。"德拜谢。后曰："何从得肉？"德叩头伏罪。后曰："朕禁屠宰，吉凶不预，自今召客亦须择人！"出肃表示之，肃大惭。

虽然不知道是否武则天逼着他非一天办三件案子不可，才拿着朋友做牺牲，事实却是地道的卖友求荣。至于则天意外的措置，杜肃难堪的情状，是可以想象的。当叭儿狗正咬得带劲儿时，主人反出来招待客人，对客人寒暄。叭儿狗的神情谁没见过？它只好拖着尾巴躲在一边。不然则是想受叱喝或责打。杜某此时只有这一条路可走。

可惜欧风东渐以来，人心不古，打叭儿狗的常有，则天皇帝可不多见了。三道头或更高的洋上司就没听说对红头阿三的行为不满过。于是听任杜某和红头阿三们藏羊肉，修本章，捣黄包车垫子，拿朋友和无辜做自己生活的牺牲，一年到头地做下去。

有人说，这行为在进化论上是应当被原谅的。争生存既是人人皆有的权利，为了自己生存而牺牲别人，和大大小小的一些战争一样，是该被原谅的。只有那每天办三件案子的规定者的洋上司是不可恕的。

我想了想，这道理也对。

一九四〇年

"暴露"和"颂扬"

老舍的剧本《残雾》上演的时候，观众中颇有几位先生大摇其头，以为会动摇人们的抗战信念。张天翼的《华威先生》被敌人翻译了并加上几句按语污蔑中国的抗日工作者都是这个模样。因此就产生了这么一个结论：一切暴露缺陷的作品，都要不得，都有给敌人拿去作宣传资料的危险。

自己的弱点真不该暴露吗？吴组缃已在呼着"一味颂扬是不够的"了，并且举出两个不避暴露缺陷而于事无妨的例子来：第一个是欧战对美国潘兴将军的《我在欧战中的经历》，暴露了协约国阵容的一团糟糕，但到头是协约国获到了胜利；第二是苏联的《被开垦的处女地》，描写集体农场运动内部的一团糟糕，但到头集体农场运动还是成功。

光明应当颂扬，弱点也该暴露。唯有显示出前途的光明，这个圣战才能坚定地支持下去，唯有暴露出弱点，将一些"幢幢的鬼影"显出，使人们有所警惕，使阵垒内愈形净化，胜利才愈有保障。一味地闭着眼睛颂扬光明，那固然可以给人们一个坚定信念，但这信念是游离了事实的，是夸大的。和前些时候讲"必胜利"者将得同样的效果，减轻了人们的警觉性，以为胜利会很容易地来到，这与敌人是有利的。正相反地，若只看到黑暗的一面，各处所看到的只是缺陷和弱点，那就会如恐日病者所散布的败北主义的思想一样，有意无意抹杀了现实，动摇人心，做了敌人的宣传。

光明当颂扬，黑暗也应该暴露，但这暴露不是悲观地惋惜，而是乐观地批判。《被开垦的处女地》和《我在欧战中的经历》正是这类的作品，以具有坚守的胜利的信心的观点去观察去表现，使读者看到了应纠正的缺陷时也见到了更广大的光明的一面，使读者读后的感觉不是悲观失望，而是觉得应立即去改善。这并不一定在作品上明写出来，也是可以暗示的。不然时，略为染上暴露的文章就都得加上一条不自然光明的尾巴，我的担心不许暴露黑暗的结果就会造成这种不自然的尾巴。

【原载一九四〇年二月二日《新蜀道·蜀道》】

结婚与失业

战前在一本杂志上载着日本女子结婚停职的事情，原因是倭国的当政者想借此减轻失业恐慌的程度。将结婚的职业女子赶回家庭去，可使部分的失业者解决职业问题。自然这不过仅是自欺欺人的办法，骨子里的失业问题是一点也没解决的，有的因此得业了，另一方面却又多出了一群饿着肚子的太太，所以若强说这办法有什么效力的话，那便是使某一部分人的"饥饱"略为调剂了一下。

一生不结婚既然不是人人所能的，纵然都能如此也有亡国灭种之祸，又不愿由"不很温饱"的情况而变为"彻底的饥寒"，那就只有一法，就是撒谎，已结婚的说是没结婚，结婚时避着上司和同人。撒谎得到的甜头是暂时维持住了一个吃不很饱的饭碗。可并不是尽是好处，那文章里就举出了几个例子，丈夫病倒在床上，因不敢直接说出来，没法请假看护，就是在弥留时，也不能终宵守护着。内心就是痛碎，也得强装出笑脸来。

这是法西斯治下经济恐慌的悲剧。

我们十几年来都是在提倡妇女解放，尤其是现在，抗战大业，处处都需要人才，合起我们四万万的众力来，才能负起这艰巨的任务。正在需人的时候，奇怪地，某某部忽然有"交通机关之女职员，一经结婚，即须停止职务"的规定。真如《结婚有罪？》中所说"这样的规定，我们百思不解"。

为了"人满为患"吗？又显然不是。各部分人都需要人，前面已说过了。为了女人不称职吗？现在又不问中外，没有一个人能证明女子比男子低能。而且这"称职"不称职也不能因结婚而起变化，婚前称职婚后就不称职吗？若说女子结婚后就应被赶回家庭中，烧饭，生小孩，服侍丈夫，又显然不成话，世界上一些打希特拉嘴巴的手，会毫不费力地将说这话的嘴巴打肿。何况也不能说只交通机关的女子应如此！

我百思找不出一个说得下去的理由（下略），太阳底下现在也算有了一点"新奇"的事情了！

【原载一九四〇年二月十八日《时事新报》】

赤脚大仙？衬领和衬袖

幼年的时候曾听过赤脚大仙的故事，以后每次看到画上"哈哈二仙"赤着脚笑嘻嘻的，便以为那就是赤脚大仙了。总之，在我想象中，赤脚大仙常是快乐的。二十几年后的今天，几个朋友闲谈中又提到了赤脚大仙的名称。那朋友说，某伤兵医院的院长，不但克扣伤兵的米面和蔬菜，连死者的装殓费也吞食。几十元的衣袜费常只裹上一件长衫，赤脚大仙似的埋了。据说阴间地府是冷的，听了他的话未免痛心。但那毕竟是迷信，按科学的说法，衣履于死者已无用处，被吞食也无所谓了。况且还有一件长衫，还因此赢得了赤脚大仙的称呼。长衫只有士大夫才能穿；赤脚大仙不仅是仙，而且是快乐的仙。死后能做赤脚大仙，固然可以终日哈哈；就是当一个士大夫的或准士大夫的长衫阶层级，也可保永无再被剥削之事，不也行了吗？

倒是因为这话引起另一个朋友谈的一件事使我老不能释然：他说某地的新兵按例每人发

给军服和衬衣各一套，执事者把衬衣吞食了，然而上峰是派人查验的。这位聪明的执事者，初而惶惑，继而是灵机一动，想到乡下姑娘过节逢年，为了漂亮而缝衬领衬袖的事而快然了。他照样模仿的结果，居然挡过查验者的眼，平安无事地过去。

这吞食的数目比起那医院院长来不为太大，每人不过一件衬衣，而且留下了领子和袖口——固然是查验的结果。但问题似乎并不比前者小，其故在死者好办，生者难欺。我想，新兵不一定完全是傻子，等到有一个明白缝衬领衬袖不是为漂亮时，全体就都明白了。明白后而不敢过问，固然仍可太平无事，但每个人都存了忿忿之心，究竟不是太平景象。

士兵从入伍到受伤，到死亡，有这么些吸血虫追随着。而这些吸血虫们所以能安逸地拥妻抱子，吮吸兵士们的血液，丰富自己的肠脑，又全是赖了前线上有亿万同样的兵士用血肉的长城挡住了敌人。我想，必然有一天，兵士们同感到自己的血要流在民族解放的战争上，而不愿为自己保卫的吸血虫吸去。

那时候来到后，就是他们不敢问，可也很难使他们不敢想。在战壕里想到衬衫被人剪得只剩下了领子和袖口，死了的同伴，赤脚大仙似的被埋掉，其影响也就够大的了。

　　并且我相信，距离那时候的到来也已不很远了。

一九四〇年二月二十五日

"州官放火"

张十方先生写了一篇《州官放火》，作者的意思并不在引申前事，只是说"州官可以放火，自古已然，于今为烈"。百姓却连灯也不许点。这办法慢慢地成为一种"不成文法"，于今被"广泛与普遍地应用起来"。世界变得更为热闹多彩，如"斥别人不抗战而自己公然花天酒地，痛责别人抽卷烟为浪费国力，而自己却坐在一九四〇年型的汽车中"。当然我更不敢以为作者不明白这典故的来源，只是因为有几句话恐怕忽略原典故的人误会了意思，所以来一个似乎是多余的注脚。

张先生说："至于为什么州官才可以放火呢？又为什么州官才高兴放火呢？"回答应是："官居极品，当然不能不显示出一点凛凛的威风来，究竟要如何显法呢？别人不可以做的，本官可以做。"，单单这样还不够，"于是放起一把火来给你们这些蚁民看"。"这叫人看了真要疑惑两条灯草（点）起一盏摇曳着黄淡淡的微光的小灯"（其实州官大概是点烛吧），是州官的专有权，黔首小民是不许用的，而州官老爷却仍然"不耐烦"，为了显示出他的与民不同来，于是土匪似的到街上去放了一把火，显示出"凛凛的威风"，当蚁民们"诚惶诚恐"的时候，州官老爷满意了，"隐隐地拈须而言曰，'我可放火'"。

"火"，而是一把火，不是打家劫舍的火是什么呢？

所以典故的事实若读者还不有知道的话，是需要知道的。事情是发生在宋朝吾家登公身上，手边没有史书，暂借《辞源》来抄一段：

宋田登作郡，自讳其名，触者必怒，于是举州皆谓灯为火，值上元放灯，吏人遂大书揭榜于市曰：本州依例放火三日，至今俗谚只许州官放火，不许百姓点灯语，即谓此事。

就这段话可以看出，蚁民虽不许点灯，但仍准点火，可见两条灯草摇曳着淡黄微光的油灯，也不是州官老爷的专有品。"为什么州官可以放火呢"？"于是放起一把火来"，"显示出一点凛凛的威风"，这类句子是很容易使人疑惑到真的州官老爷如周幽王似的，为了开玩笑，为了显威风，其实是为了引起爱妃的笑脸，而去点起一股烈焰熊熊的火来，看着蚁民们在火光中奔走呼号，父母妻子惊慌失措，他却暴君似的拈须微笑，适然畅然。因为明明写着是"一把"而又是显示"凛凛威风"的火。当然我并不疑惑作者这么想法，前面已声明过了，不过为了未明原典故的读者，这注脚是必要的。

一九四〇年三月十八日

关于暴露黑暗

一个能正视人生的人，他见到光明，也见到黑暗。因为从有地球以来，就没有一件十全十美的东西，即连最光明的太阳上也有黑点。

社会上有黑暗，正如同人生的缺陷，唯因如此，才更使人类进步。

黑暗是客观存在着，并不因人的暴露而滋生不息，也不因人的讳莫如深而自消自灭。正如东施丑大姐并不能因为不愿照镜子看自己一副尊容，而会变成一位美人。所以厌恶黑暗则可，但不当惧怕黑暗，更不应指摘那暴露或揭发黑暗的人。见了黑暗而掩面却步的，至少是怯懦者，没有勇气正视人生，没有勇气改革黑暗，只想闭了眼睛偷着安慰自己，像乡村中的婆婆妈妈，厌恶枭鸟叫，喜欢喜鹊鸣，爱那点吉祥兆头，自欺自慰。

只有敢面对人生的人，才能不怕黑暗，才能和黑暗奋斗，才能看到黑暗后面的光明，更进而创造光明。鲁迅先生对于人生是最认真的，所以他看出"无论什么黑暗来防范思潮，什么悲惨来袭击社会，什么罪恶来亵渎人道，人类的渴仰完全的潜力，总是踏着这些铁蒺藜前进"。他一生也是在竭力暴露黑暗的，"他的讽刺和幽默，是最热烈最严正的对于人生的态度……善于读他的杂感的人，都可感觉到他的燃烧着的猛烈的火焰在扫射着猥劣腐烂的黑暗世界"。

"人生便是缺陷"，社会上无论何时何地都难免有黑暗，难免有三三两两憧憧的魑魅，躲躲闪闪的鬼影。鲁迅先生都毫不留情地揭穿了他们的"鬼术"，使他们无法躲闪；刺破了他们的鼻梁，叫他们丑态毕露。虽然为文时"泛无实指，常取类型"。属于这一类型的诸公，却以为正是对自己而发，惴惴不安了。《阿Q正传》一出，好多"正人君子"都争说是骂的他自己；一"论叭儿狗"，许多有叭儿狗性的人们自来承认。这才是真正揭露了社会的黑暗，照出了魑魅的原形，刺着了妖魔的要害。

这些魑魅，这些叭儿狗们，不该揭示他们的衣冠，让人们知道他们的原形吗？他们的丑态不该暴露吗？自然，暴露的目的应是积极的，不是消极的，就是为廓清社会，而不是颂扬或夸张就算完事，或是抓住一点偶有的现象便死不放手；而是要把握那寻类型，抱着对于人生"最热烈，最严正"的态度，以"猛烈的火焰扫射着猥劣腐烂的黑暗世界"。

一九四〇年三月十九日

民　心

民心是为历代所看重的。

翻开历史，在朝代递变时就会看到"帮闲"变成了帮忙，大谈"天时，地利，人和"。人和就是指的民心。那时民众利益组织民众之类的术语大半还没有，可都知道民心一失国家必亡，要得天下，非先利民心不可了。商纣虽明明是正统天子，只因暴虐无道，失掉民心，惹得人人皆说"时日曷丧，予及汝偕亡"，便招了臣子的讨伐，君被弑，不但没有一个肯勤王的人，反被亚圣孟夫子骂为"闻诛一夫纣矣，未闻弑君也"，装做没听见。君失掉民众的拥护，便变为独夫，杀之就无所谓了。

民心既然这么重要，所以历来数暴君十大罪状之后，往往加上一条总批："天怒人怨。"天怒固然足怕，人怨更是可畏。刘玄德明乎此理，所以明明知道曹兵将到，仍然带着全新野的老百姓浩浩荡荡，日行十余里，以致被阿瞒在长坂坡杀得弃甲曳兵，兄弟妻子离散，连赵子龙也几乎丧命。为了什么？得民心，得了民心才能得天下。

朝代常变，民心的重要却依然发故。直到民国鼎新，还是如此。北洋军阀虽多次屠杀民众，却也常常发"告父老书"。可见，对于民心也未敢忽视，而且据说屠杀的大半是属于"非安分分子"。尤其是青年，也有不少次表示过反抗的巨力，使军阀官僚在他们的面前发抖。五四是最显著的一次：违犯民意的汉奸被打得鼻青脸肿，几乎连残生送掉。从此，军阀官僚对于民心，更如小孩子对于火似的，觉得可爱又有些可怕，因为它不尽为己所用。因而常说青年应该埋头读书，不当过问国事。如此，自然可太平无事了。

可惜历代的帮闲与帮忙只知道得民心的好处，未明白得民心的方法，或者已知其方法，仍无可如之何。满口讲得道多助，失道寡助的道理，奈他们的主子们根本行与道违何？民众自来是最讲实际的，民心不是言语所可骗来的，得用行动去换。如不能为民解难，至少也得如刘玄德似的浩浩荡荡日行十余里与民同难才成。倘横征暴敛得民不聊生，即使说得天花乱坠，也是毫无用处。所谓民不可欺是也。

这也就是军阀笑眯眯地发告父老书，说怎样爱民，怎样服务桑梓，而少有人理睬的缘故。他的行为已做了很好的注脚，又有谁明明知道是诳还去相信他？军阀已明白此点，所以令人埋头读书，休问国事，逼得连茶楼酒馆也贴了莫谈国事的帖子。

"老狗玩不出新把戏"，十几年前军阀所已明白过来的，汪精卫现在仍然糊涂着，自己卖了祖国，卖了民众，还想拿空话来骗取民心。据说为了收揽几十年来民众对国旗的爱护心，三番四次地请求他主子，让傀儡政权成立后偷用原来的国旗。是的，民众爱国旗是千真万确的，由我军每收复一地，见到国旗一出现，万众的欢腾若狂即可以看出。但民众欢腾的仅为这旗吗？是这旗所代表的东西：自由解放的国家的主权。如今汪逆模了仿了假造法币的方法假造国旗，这国旗代表的是投降，卖身的奴才政权，又有哪个民众的心会赞同他随着他出卖自己，出卖祖宗，并出卖儿孙？

这道理汪逆真不明白吗？不，不过明白也无可如何罢了！明明知道是自欺，却不得不欺，明明知道是墓道，却不得不走，此之谓汉奸末路，太可叹了！

一九四〇年四月二日

广告之类

过去几天报上曾登载过政府要取缔荒谬医药广告的消息，据说医药广告"诲淫有据"，严厉取缔，是应得之咎。

不知是已加取缔还是商人畏罪，近来广告的措辞确乎好些了。虽然也还有"男子阳痿圣药""妇女调经种子"等类字眼，可是比起以前已算不得什么了。由这问题使我联想到的倒是电影广告。翻了翻近十几天来的报纸，"玉腿全露""牺牲色相"等话也少见了，但"美妙轻松，无限旖旎""神秘，离奇，惊险，紧张"，还是吸引观众的唯一手腕。

周行君在《救亡日报》上的一篇文章内，说到桂林电影院放映美国一部片子叫做 Stand up and cheer，是"振作起来"的意思，老板却改成"群芳大会"。为什么？还不是从生意眼上着想的"以广招徕"的办法！

"大小脚的时代"还没有过去，指话剧为"文明戏"而说"没啥好头"的观众尚存留在现在吗？现在看电影的还是为了"粉臂玉腿""曲线裸体"吗？没有打听，不敢武断。但从一些旁证上看，似乎情形不尽如此了。譬如《孤岛天堂》《夏伯阳》等影片，话剧如《岳飞》《国家至上》，这些里面既没有"旖旎缱绻"的情趣，且连"神秘离奇"的意味也一点不存在的。有的只是"平常的"人们斗争的故事，残酷、壮烈、血腥的斗争。然而在上映或上演时戏院门口常拥挤着二三百观众，院内满座，既不能进去，却又恋恋不忍即行离去。许多场面中，我亲眼看到观众的情绪完全被吸引着，随着剧情而悲痛快乐。

《芸兰日记》《雪鸿泪史》已从许多太太小姐的手中抛弃了，电影戏剧也就自然不以"神秘离奇"为满足。这说明时代已前进了。而老板们却仍然用"神秘离奇""以广招徕"，停在十年以前。

电影教育是一种有力的教育，实在不该让老板们随意摧残，而且，时代变了，如此也未必能广招徕了吧？

【原载一九四〇年四月十七日《时事新报·青光》】

文人末路

听了《吕蒙正教学》鼓词，深深地感到了文人的末路。吕蒙正为吃一碗教书饭，被迫着连东家翁东家母都得侍候：守门、挑水、打柴、割草、扫院子，洗锅刷碗，抱孩子。过去的事情虽未必真有，如今已到了文人末路则是事实。自来文人谋生之道有三：卖文、教书、做公务员，现在都走到末路了。

做公务员除极少数已飞黄腾达的外，已多半不能顾四口之家温饱，所以书记小科员改业的时有所闻。据说十年寒窗，不及一条扁担，八个书记不及一个人力车夫的收入多。无怪乎为了一家衣食，顾不得"士"的自尊心而脱去了长衫去拉人力车，去做饭馆跑堂，去做街头商人了。

现在教书虽然还没到吕蒙正那程度，却教中学，自己子女不能上中学的叹声在抗战以前就有了。到了百物高涨的目前，更焦头烂额是可以想象的。自己既不能枵腹从公，子女也不能攥着肚皮不吃饭，所以只有另寻出路。从近来的教师荒上已可见出此点了。

卖文是文人的正路，可也是最惨的一条路。新作家拿着稿子各地方送不下；老作家比较好些了，但你明明一万字，经书店老板一算，去标点，去空白，顶多也不过六七千罢了。就是鲁迅先生生前也没能免去受这种剥削。固然他有对付的手段：不留空白，不用标点，写一个满面，使书店老板明白空白标点也有用处。然而只有鲁迅先生能如此吧？别人只好望书兴叹而已。在这种情况下，休说养妻育子，就是个人的衣食也有朝不保夕之概了。

文人已到了末路，等着被饿死又是任何人所不甘。强韧者变成了社会的疾视者；志短者如吕蒙正之流，则为衣食情愿执了仆婢之役；或更弃此改业，如许多书记、小科员之类。

社会上不需要教员、作家、公务员吗？绝对不是。教员荒早已在各地提出来，缺乏精神食粮是前线上一致的呼声，小公务员是每个政治机构中最重要的齿轮。唯因如此，当前的现象才值得注意。

这不是一个很小的问题吧？因为一国的文化也系在这上面，而且也不是骂几句文人帮忙帮闲，文人无行堕落所能解决的。

一九四〇年五月四日

谈　　冲

　　"冲是最爽利的战法"，不说专做冲用的几百辆怪物似的坦克车排成行列，冲上前去，将敌人个个碾成肉饼，多么威武，多么简捷，就是健捷的马队，勇猛的步兵，当端平了枪向敌人冲去的时候，敌人一个个应枪倒地，披靡而逃，也是何等威风！

　　然而到底是战法，平时是很少用的，虽然若干年前某省会有过以汽车多辆，向"九一八"纪念日各校学生游行的行列冲去，致十龄上下的学生死伤枕藉的事情，但究竟是过去的事了。

　　鲁迅先生说，上海有两种横冲直撞的人，对于对面或前面的行人，决不稍让。一种是不用两手，却只将直直的长脚如入无人之境似的踏过来，倘不让开，他就会踏在你的肚子上或肩膀上，这是洋大人；一种是弯上他的两条臂膊，手掌向外，像蝎子的两个钳子一样，一路连推带冲，这是我们的同胞，然而是"上等"的。这情形在上海也许直到今天还是如此。但那是上海，在洋人支配下的地方的事情，与内地不同。此外，战前沿海，时常发生我们的商轮被悬着膏药旗的船只冲毁的事情，那是倭寇早已拿着我们做敌人看待了。也无足怪。

总体来说，在平时，战法毕竟是少用的。

可不料平时不很用的战法，在行都竟屡见不鲜：汽车冲人力车，人力车人车俱倒，汽车呜呜地得胜而后疾驰以去；抬轿子的冲行人，吆喝一声，冲上前来，不管行人掉在泥塘或火坑里，歪倒或跌伤，轿子可以扬长而去。据说这不成文法似的规矩，已有了年代了。抬轿子的虽是短衫阶级的下等华人，坐轿子的却常常是阔佬，至少比地下走的高一等。所以抬轿子的下等华人借了坐轿子的上等华人，可以向在地下走的中等华人横冲直撞了，所谓狐假虎威者是也。因为由来已久，或者已相沿成俗，直到现在余威犹存。

汽车冲，轿夫冲，马路上的行人就都"身当其冲"，人人自危起来。然而这毕竟危险还小，就是被冲而死的也不过一二人而已。蔚为大观的还是江河里轮船的冲。一道血肉的墙挡住了敌人，挂膏药旗的船已没法向我们商船上冲，于是我们以前被冲的，如今都变成了英雄，可以向比它们弱的"敌人"冲去了。义隆轮躲闪不及，被拦腰一冲，立沉江心，全船乘客均做波臣的事，已是大家皆知的了。不知道的可不知又有多少！据卫怀杰君在《益世报》上说："嘉陵江去年木船炭船，被汽轮冲沉者，只一冬天不下六七次之多，因所死之人大都是本地贫民及撑船之人，因无较高社会人士坐此等船，故无人为伊等诉冤，除附近当事发生后三四日内有人谈论外，稍过时日即无人提起。"

被冲的是木船，是下等华人的贫民，真是无间于水陆，被冲者终是被冲者了。

一九四〇年五月四日

奴 才

　　奴才是到处不为主子所信任的。这从许多事情上可以看出来。自己认为较重要的事情，一定自己下手做，不肯交给奴才做；主人出外，留下奴才看守门户，往往将寝室房门锁了，只剩下一个空院子，或几间无关紧要的房子，或竟是那几间锁了的房子给他看。主子是如此利用奴才，却又不信任奴才。

　　对于主子的这种待遇，奴才也并不十分满意，在《聪明人傻子和奴才》中，奴才就曾对聪明人和傻子诉说自己的苦处，从住处、工作饮食，一直到主子的打骂。然而当傻子真的要帮他将住处弄好时，他反大喊大叫，喊人来将傻子赶走了。事后向主子请功，主子夸奖他好时，他又心满意足地过下去了：这就是奴性。

　　主子利用奴才，却又不信任奴才，但到底因奴才有用处，所以每个封建主仍是豢养一大群。奴才虽然不满主子，却又不能离开主子，因此也就不能不奉意承旨，这和狗的挨打还是被自己的主子打得多，但见了主子仍不能不摇尾乞怜，为的是依以为生，是同样情形。就是为了这些原因，主子和奴才的关系直到现在还存在着。为什么奴才不觉悟呢？是奴性在作祟。一个自由人是很难明白为什么美洲黑奴有的反抱怨林肯将他们解放了的心理。同样地，一个奴才也很难明白几个奴才因不堪虐待，联合自杀时，地主急了也要自杀时的道理。

　　这道理也是已成了奴才的汪精卫以及大大小小一群汉奸们所不明白的。是奴性迷糊了他们，是"宁为太平犬，不做乱世人"的思想迷糊了他们。他们何尝满意他们的主子！广州广播，敌酋大大斥责汪逆的演讲越出了被允许的范围，汪逆垂头丧气，回头拍案痛哭。褚民谊眼看着在招待敌军官佐的宴会上自己的眷属们被调笑而无可如何，既不敢阻拦也无处诉苦。不过不满意也仅是不满意罢了。为了食一杯残羹，奴才还得继续当下去，这样委曲求生该邀得敌人信任了。可是仍不然，盖主子从来没有完全信任奴才的。这不但限于武力：伪兵背着没有枪弹的步枪，伪官带着没有武器的伪兵，伪政府也是组织了一个没有武力的中央政府。就是言论，也是一样的不放心，几个找汉奸出头办的报纸，消息完全由他们供给还不算，甚而社论也得由他们自己执笔，日本文法的中国文，是一见就可以看得出的，那些"的的吧吧"的文章。那么，奴才不满，主子不信，似乎该不可终朝了，然而仍照常下去，什么缘故呢？奴才为了残茶剩饭，主子为了奴才可供使唤。

就是为了这点简单的原因，奴才制度存在了若干年，直到今天还变相地存在着。

一九四〇年五月十五日

变

　　"瞬息万变"的话是正确的。几千年的历史证明，古往今来人事的变迁，人格的变化，真是太多了。

　　但古之名人要变，是得颇费一番手续的。仅就流传的文章说吧，一经变调，就得对以前的煞费苦心的挨户收买，而且还难保没有遗漏。至于常人，就更难了。必须砍下脑袋，再行投胎。斩犯绑赴刑场的时候，大叫道：过了二十年，又是一条好汉！为了另起炉灶，重新做人，非经过二十年不可，真是麻烦得很。

　　不过今之名人就不同了。比起古之名人，古今之常人的方法简易得多。不怕迂缓一点的出一回洋，造一个寺，生一场病，游几天山。要快则开一次会，念一卷经，演说一通，宣言一下，或者睡一夜觉，作一首诗也可以；要更快，那就自打两个嘴巴，淌几滴眼泪。也照样能够另变一人，和以前之我绝无关系。

　　抗战以前的情形如此，到了抗战的今天，虽

时代已变，常人名人却都还按着这些方式在变。汉奸汪精卫，出一次洋，回来就是另一副形象。那还是迂缓的办法，这次索性采取了更便捷的手段，一个电报发出，身子一摇，摆着摇着投向新主子的脚前去了。这次变得最快，也变得最厉害。但这毕竟还麻烦，还迂缓，是豪爽之士所不取的。于是有了捶胸流泪的办法，如忽而敌伪将领，忽而抗战将领的石友三，胸一捶，泪一流，将过去的我大骂一顿，今日的我马上变成清白的了。大概是昨死今生的意思吧。没当过汉奸的，不知道当汉奸的苦处。汉奸头衔不但是历史上的污垢，且被誉为快人快语，万众称颂，作为佳话，各处流传。

变虽同样，情形却不同：有的从"原形"变为"变形"，有的从"这一变形"变为"另一变形"，有的从"变形"复原为"原形"，也就是"复现原形"。变形是不能支持长久的。大半日子一长，就原形复现，白蛇娘娘的现形就是例证，千年的道业，还不能维持人形几年不改，没有这功夫的就更不用说了。所以原因未必是为喝了雄黄酒，长了原形是藏不住的，由白蛇娘娘第二次的现形也可以证明这一点：睡熟了，一条白蛇就盘在帐子里了。石友三的形，已使我们难以记忆是原形还是变形了，但变形难以长久是肯定的。

当今之世，好象变的趋势是愈巧妙，愈简易了。但同时也就愈靠不住。属于较迂缓变法，出洋或生病已不可靠。打两个嘴巴，淌几滴眼泪，甚而将打嘴巴改成捶胸，无体无伤，可靠性更小。常人的必须砍下脑袋，再委投胎，时间且费二十年之久，固然很麻烦，但究竟可靠些。不至于令人疑心不是真变，另有花头。可是那是别人叫他变的，若是权由自主，大概也就不去费那麻烦，和今之名人无甚区别了。

变法愈多，愈使人眼花缭乱。是否真变，什么是原形，什么是变形，莫明其妙，真伪难分，也如庄生梦蝶似的，连自己也分不出究竟是蝶是人。不过真真假假各有原象，透过科学的照妖镜，就没有什么缭乱的现象了。因为虽戴衣冠，已可看出是畜生，到尾巴露出时就不再惊奇了。

而且伪者毕竟不能乱真，假形毕竟不能持久，唯因不能乱真，其与真的不同之处，才为每个有心人所能认出。唯因不能持久，原形是迟早得露在人面前的。"孙行者神通广大，不但会变鸟兽虫鱼，也会变庙宇，眼睛变窗户，嘴巴变门，只有一条尾巴没处安放，就变了一支旗杆竖在庙后面。但那只竖有一支旗杆的庙宇呢？它的被二郎神看出来的破绽就在此。"其实何必二郎神？每个有心人不都可以由旗杆上觉出这庙宇可疑吗？可见假的到底不能充真，无论变成什么，猴子形是完全去不了的。如孙行者出名地善变，且仍不能不以美猴的一副尊容见人，白蛇娘娘睡熟了原形不能不出现，苏妲己在夜里常常现了狐狸精原形，跑到肉林、酒海中去饱餐痛饮，把后一个道理更说得明明白白。

倘明白此理后，就用不到担心自己要以什么姿态出现，因为那是没有什么用的。

【原载一九四〇年五月二十四日《时事新报·青光》】

气　节

　　光武中兴表彰气节是有原因的。

　　王莽篡汉，一群遗老遗少争着做"贰臣"，打顺风旗，上劝进表。这教训使光武明白承旨奉意的卿大夫并不十分可靠，直言敢谏的耿介之士虽一时令人感觉不舒服，可是对国家究竟有些益处。所以他宁愿舍弃一时的舒适来表彰气节。

　　但是直言毕竟是逆耳的，媚词到底是悦人的。否则佞臣宦官不会当道，天下也就少出许多纠纷了。试看诚心接受他人批评的能有几人？又曾有谁个打过阿附自己意见人的耳光？故气节并没因光武的表彰而使历代的卿大夫都有气节，各代的君主也没因汉代的教训而能远佞谄。乾隆的纂修《四库全书》阴险地删改了古书内容，"使天下士子阅读，永不会觉得我们中国的作者里面，也曾经有过很有些骨气的人"，就是反对气节，训练奴性的明证。固然他之如此做法还另有用心：明末不但出了许多宁死不屈的遗臣，也有数不过来的一些情愿"殉发"的书呆子；血淋淋的文字狱更是一次又一次地继续演出。行使愚民政策，将天下的学者和黔首弄得茫茫无知或体若无骨，实在是维持帝业的急务。

其实那时佞诌之士也已经不少，顾炎武曾引自白居易《长庆集》中的话针砭时弊说："以拱默保位者为明智，以柔顺安身者为贤能，以直言危行者为狂愚，以中立守道者为凝滞。故朝寡敢言之士，庭鲜执咎之臣……反谓率职而居正者，不达于时宜，当官而行法者，不通于事变。是以殿最之文，虽书而不实；黜陟之典，虽备而不行。"由这几句话不独证明明代也有无骨气之人，也证明出唐朝此风依然甚炽。再从夏侯湛的骂晋时"以弱断为重，以怯言为信"，罗点的斥宋时"无所可否，则曰得体，与世浮沉，则曰有量"，说明了晋宋也不例外。汉、唐、晋、宋、明诸代都如此，其他各代似乎已无须乎举例了。

佞诌而无妨于世倒可任行其素，令人惴惴不安的是这是"丧乱之阶"，不独武侯在《出师表》里告诉了后主，历代的史乘更足以怵目惊心。到了"朝多沓沓之流，士保容容之福"，全成了巧言令色的佞人时，国家也必百事俱废，离倾覆不远了。盖"佞人无才，有才不佞"，几乎成了定例，有才的人十九有气节，有气节的人所服从的是真理，无气节的人所服从的是权势。

佞谄历代难免，也是历代丧乱的原因。因此，这风气传播在今日才值得惊惧。白居易骂唐代的话我们已疑心为我们而发："父训其子曰：'无介直以立仇敌！'兄教其弟曰'无方正以贾悔尤'的情形已出现在今天。到全国俱'如脂如韦'时，恐怕我们就只有做奴做婢了。"

纠正这种颓风是谁的职责，已很难说清，社会上只要不奖励沓沓之流和容容之辈，国家即可有得救的希望了。

一九四〇年六月二日

【选自田仲济著《情虚集》重庆东方书社一九四三年版】

挤

前些日子，曾说过冲，如今再谈一谈挤。

"冲是强者对弱者的战法"，在未用这战法以前，强弱胜负早已判明：似如轮船向木船上冲，轿车向行人上冲，战败吃亏的一定是被冲者，冲者的胜利是可操左券的。挤则不同了，挤者与被挤者大半分不出什么轩轾，也不如冲的敌我划得那么分明。往往一群挤在一起，彼此挤个乌七八糟，有时一挤，胜负不分也就算了，有时弱者被挤倒，躺在地下，挤的从上面踹了过去。倘是踹死，就要验尸，又造成了另一次挤的机会。

中国是一个最能挤的民族，街头上吵架，一群人围上看，照例地挤；到戏院看戏，向里进的时候要挤，演完戏向外出的时候仍然挤；上火车，买票时挤，入候车室挤到月台挤，从月台上车更挤；上轮船电车，无例外地也是挤。

挤普遍到各地各处，从来没有人能制止。试看，洋人无间于高等下等，照例比中国人的威力大，上海滩上红头阿三骂猪猡，挥哭丧棒，仍不能制止人于不挤，几个同样黄面皮的警察无济于事是当然的了。盖考据起来，挤在中国是颇有历史的：元宵灯节，是自古的盛事，自古以来，每逢这一天都是大街小巷挤得水泄不通，挤而以至于水泄不通，其情形也可想见了。一到端阳，有龙船盛会，又是万人空巷或万头攒动，齐挤到河的两岸上。挤得厉害了自然难免夹杂上推或撞，往往有失足落水的，大概就是因此。

抗战后，又多了许多挤的机会。警报一响，齐向防空洞里挤，敌机来到，争着向里挤，把洞口挤住，挤不进去的就被炸死在外面。成都与这里的情形不同，一有警报是得向野外走的，于是在街上挤，在城门间挤，去年就曾发生过孕妇小孩子被挤倒，挤的人从上面踹了过去的事情。在正挤得热闹的时候，阔人的汽车就会冲，躲闪不及的被冲倒，倒了的被压过去，碾成肉饼，未倒的人群仍从上面挤着过去。听说因此，那里城门已拆了，挤的程度或已减轻，但无论怎样，挤是一定仍然挤的。没有警报的时候，就向江边的轮渡上挤，街头上公共汽车上挤。

不分畛域，不分老幼，挤是普遍到各事各地。小孩子有挤的游戏，是无挤找挤了；老婆婆在什么庙会里从人丛中挤出来，找一块石凳坐下，骂一声"龟儿子，可挤死了"，可是接着会从扁瘪的嘴里吐出一句"还是挤着闹热"的话来。各机关里，不用说，也是挤，有人有势的挤无人无势的，无人无势的挤更无人无势的，挤上去的扬扬得意，挤下来的垂头丧气。

昏天昏地，挤成一团，挤到热闹处，且连推加撞，好像冤家就在身边，妨碍自己的就是左右的人，推倒或挤去自己就身安理得，无难无灾了。对于更有力者的冲来，被碾成肉饼的事，好像从来未注意过。

一九四〇年六月六日

【选自田仲济著《情虚集》东方书社一九四三年版】

事实与雄辩

遇见歪理事实，不可理喻的人，只有拿"事实胜于雄辩"一句话来结束一场争论，让事实证明将来的谁是谁非。然而"少见黑曰黑，多见黑曰白"的人并非仅只古时有，而且如今是连少见黑曰白了。于是虽是事实，有时也不得不退让雄辩。

一次在饭馆里吃饭，明明只有两只蝇子从菜碗里拣了出来。跑堂的硬说是烧焦的葱花。两个指头夹起来放到舌尖上，品了品味即咽下去了。事实既然做了俘虏，被咽到肚子里，胜利自然是归于雄辩了。结果菜钱多讨了几乎一倍，大约连看吃蝇子的钱也算在内了，可是饭馆里既从来没有还价的规矩，那就只好照付。

又有一次，印刷了一点东西。脱行漏字，模糊不清且不说，版式也歪斜，文字被裁去。总之，印刷和装订都恶劣到极点。按理这次可好问罪了。但他一口咬定比样本印得好，事实虽在眼前摆着，却终于没胜过雄辩。又是只好认晦气，付了印费拿着东西出来。

第三次是照相，我说照得太坏，照相师说照得极好。再争论时他拿了来最后的法宝，"你就是长得这样嘛"。既然就是照得不好，也是我原来的样子，于是我只好默然，因为再说也无用了。虽然心里仍可不服，以为他是抓住了人们不好说自己漂亮的弱点，拿雄辩战胜了事实。可无论如何，他是胜利了。

今天翻读《热风》，才知道鲁迅先生也曾遇到过这情形。他在青云阁买过一双鞋子，第二年破了后又到原铺子去照样地买一双。到那里后一个胖伙计拿出一双鞋来，那鞋头又尖又小又浅了。

"这不一样。"

"一样，没有错。"

"这……"

"一样，你瞧!"

经过了这样的问答后，他只好买了那尖头鞋走了。在这场合除了买或是不买，实在是没有别话可讲。鲁迅先生将新旧两只鞋摆在一处，意思在比出不一样来，而胖伙计却硬说："一样，你瞧!"那又有什么道理可分辩的呢?

一位朋友忽然跑来。我告诉他了这些事实，他很不赞成地说："雷诺大呼着要战于国门之前，国门之后，甚而各省各县，甚而退到非洲美洲也仍继续作战。说这话后没有一个礼拜而法国对德宣告停战了。雄辩的嘴巴不是立刻被铁样的事实打了吗？雄辩又怎能胜于事实！"

他说得很对，我不再分辩。可是我又被雄辩战胜了一次。

一九四〇年六月十八日
【选自田仲济著《情虚集》东方书社一九四三年版】

"长命富贵"

　　每次看到小孩子帽子上镶的铜质或银质的"长命富贵"四个字，便暗想到我们中国的人生哲学。中国的人生的终极目的就是富贵，就是生生不死。长命富贵四个字中间还照例有个小弥勒佛或寿星。大概也是祝不死或富贵的意思。"寿比南山松不老，福如东海水长流"，意思明显，更不用说了。中国的人生观就是富寿。

　　为救富贵就得积财，就得求士仕。这是芸芸众生的共同目标。十年寒窗，不过是为的一朝得志。而中国人又好像是特别自私，自私到四个字虽然是镶在孩子的帽子上，却也是为了自己。从养儿防老，积谷防饥上看也可以看明白。养儿和积谷一般，并不是为社会上造人，而是为自己养老。老了特别感觉悲哀，在这里也找到说明了。多福多寿多男子，听了别人孩子多时，"啊！你好福气啊！"孩子如谷子似的是父母的财产，是父母福气的材料：活着养老，死后送羹饭，接续香烟。盼望儿子富贵，也是为了自己富贵，富贵从父母且及于姊妹兄弟皆列士，固不仅只在唐代有从此天下父母心，不重生男重生女的依孩子做福气的材料，固也不只明皇时如此。

富贵求到了，欲望满足了，身体却疲敝了。于是寻道求仙，想长生不老，将死的黑影推出，自己永远将地皮占住，不让给后来者。最著名的是十二金人接琼浆玉液还不够，又派童男童女到东瀛求仙方。下焉者就修佛堂，拜庙宇。这是欲望未衰，身体先老，人间的鹿茸银耳无效，乃不得不上远道深山想法的例子。但远的久求不见，佛堂没有用处，大半琼浆玉液与霜露也无甚区别，忽然疑惑，忽然幻灭了。于是要制棺，要造坟，来保存自己的尸体，并希望儿孙年年祀，代代不绝，这也是无可奈何的一种办法了。

初而想的是威福，子女，犬马，玉帛，继而求的是长生不死。到长生不可得，威福玉帛带不到坟墓中去时，还想赖住一块地皮不肯让人，叫子孙岁岁扫墓，俎豆不绝。这种想自己享尽了自然，吸尽了宇宙空气的心理，就是中国人生哲学的极致。长命富贵四个字已约略说了一些来了。然而，这是进化所不许的，所以四个字仅能永远成为祝词罢了。

一九四〇年六月二十二日
【选自田仲济著《情虚集》东方书社一九四三年版】

奴才的残暴

有一次，在严冬里坐外国的船到青岛去。四等舱照例是人和货堆在一起，这次却连堆也不得堆了，货在舱里，人在甲板上。找茶房开舱门，没有结果。也是因为严冬的缘故，乘客终于忍无可忍了，群情汹汹地去交涉。账房却更理直气壮："船上根本没有四等客舱，这不过是茶房的好处，有位子就搭，货装满了自然就在船面上。要舒服，坐头等舱。"这话是很有道理的，省钱就得将就些。然而群众却不能那么容易理喻，终于闹到了船主那里。意外地，船主却非常客气地吩咐开了舱门。

茶房、账房都是中国人，却在欺凌他们自己的同胞时比洋鬼子的船主还凶，这道理真使我百思莫解。后来一留心，才知道这种自己侥幸拿他人做牺牲的不只船上的茶房和账房。上海的红头阿三，安南巡捕，凌辱中国老百姓就比三道头厉害，华捕有时且更威风些。并且也不限于主子是外国人才如此，主子同是中国人的大机关的传达，阔公馆的门房，对于褴褛的客人，是同样不肯假以好辞色的。

有人曾说过"暴君下的臣民，大抵比暴君更暴"，一切奴才全是如此的。

暴君的残暴，为了本身的分位，毕竟还有几分顾忌，暴君下的臣民却完全不管这些了。他们更忘了自己是侥幸者，"只顾暴政在他人的头上，他们却看着高兴，拿'残酷'做娱乐，拿'他人的苦'做赏玩，做安慰"，因而变得更残暴，以致暴君的暴政时常还不能满足他们的欲望。

千式百样的中国的刑罚，就不是暴君个人想出来的，全是奴才们的杰作。只就其中的死刑说吧，有绞、有斩、有凌迟……说不清的样数。斩里面就有杀头、腰斩的不同。这还都算"粗活"，称为"细活"的凌迟是割过几十刀还不让死去，周作人在《自己的园地》里曾有过叙述。"细活"做好，不独自己得意，要喝酒，看的也扯长脖颈叫好。好像看的和动手的都忘记在苦难中的就是自己的同胞。阿Q绑赴法场的时候，沿路一句戏也没唱，群众都觉索然寡味，欲望不能满足，这种心理又怎足怪呢！

其实也不独现在如此，奴才比主子更残暴

是不自今日始的。"阎王好见，小鬼难瞧"，不是从来就有这句话吗？大概是由来久矣！

一九四〇年六月二十五日

【选自田仲济著《情虚集》东方书社一九四三年版】

读书随笔

　　从《蜀碧》一类的书上也可以看出张献忠的杀人并不是一起事就开始的。他吃亏的是虽然称大西皇帝，改元大顺，却没能一统天下。且数年间即被清朝的肃王射死。一群帮闲们都投到从关外方到的新主子那里当顺民了，既然有了"我朝"，有了"王师"，为迎合新主子的欢心，连企图复国的明臣都骂为明孽，张献忠之被称为流寇，说他性嗜杀人，杀小儿时且"围以火城，贯以矛戟，视其奔走呼号以为乐"，形容尽其惨无人道，又怎足怪！

　　不用打嘴巴，帮闲们已招出"献初破武昌，有大志，不甚残杀"。直到据邛州时，从刘道贞谋恢复，"命其子瞆度以兵来争，贼搜获道贞妻王氏，环刀械颈，令招其子"一段事上也可看出连陷在所谓流寇手中的官吏的眷属，也并未被怎样杀戮。不然，则无从搜获了。

　　那么以后他为什么任性地屠杀呢？主要的原因是李自成陷了京师，满清入关，他自己又老吃败仗，眼看着江山落到别人手中，自己只剩了没落的一途。于是杀、杀、杀……从文士以至兵士，索性敌我同归于尽。从忿忿然的"自我得之，自我灭之"的口吻中及"时令取牛犬尽磔之，毋为后人遗种"上，已略见其衷曲了。既然感到没落，连身边的人也疑嫉起来，有才的生员王志道，恐怕他"他日图我者必尔也"，拿来祭了旗；状元王大受，初欢欣赐宴，接着也叫人将他全家收拾：都是这一心理的作怪。

所以虽然传说献忠屠蜀的原因不一，大概因"朝天关获诸生颜天汉等通书自成，大怒，因杀士于青羊宫"，前后近万人，从此开始杀士，和因"妇女累人心"，打败仗，而大杀自己的兵士及妇女：这二种说法较为近情理些，关于后者，张献忠自己就供过："吾初起草泽，从者五百人，所至无败。今日益多，前年出汉中为贺珍所败。非为将者习富贵不用命，即为兵者有所贪恋怀二心。吾欲止留发难时旧人，败，家口多者亦汰之。"

张献忠的杀人既并不是如传说中那么不可解。而别人也实在并未如宣传的那么爱民如子。虽然他不能和洪秀全相比，可是和太平天国是吃的同样的亏。所以将他们形容成杀人恶魔，是因没有帮闲来替他们粉饰，反被别人的帮闲来渲染，来夸大。他们自然就只成流寇，只会杀人，好像永远"为杀人而杀人了"。

若是稍留心，便会时常从笔记野史之类的书上发现圣朝仁君常常是两手血淋淋的刽子手。常说的"扬州十日""嘉定三屠"，就不是张献忠干的。

一九四〇年七月七日

【选自田仲济著《情虚集》东方书社一九四三年版】

外　财

外财，大概也即偏财，因不懂术数，弄不很清楚。只知道"非外财不能发家"和"马无夜草不肥，人无外财不富"这话在中国自来就很流行。因掘土得金或不知名的人赠银（那大半是财神化的），而起家的事情，在说部或传说中时常遇到，"转运汉巧遇洞庭红"便是一个例子。近年来，外财也轮到国家身上了，过去有梁财神献财，现在又发现了锦江窖银。

几年以前了，梁作友财神被军警从山东半岛护送着进京献财，数目据说几千万。到了首都被招待着住在中央饭店，要人都争着接见，报上也发表谈话，曾热闹一时。但也只一时，过了些日子就不见下文了。谣传好像是所谓几千万并非真有其事，所以连中央饭店的房钱，那招待的机关也拒绝付账了：这一次外财算是落了空。

锦江张献忠窖银，志书的记载和老人的传说，都言之凿凿，连一万万五千万两的数目也说出来了，大半是实有其事的。于是从去年就有人发掘。最初，我在《良友画报》上看见了几幅照片。以后到了成都，在望江楼下看到了其事。江被闸住，许多工人正在那里抽水。前些日子报载，用科学方法已探出银子的所在了。但我心中总是怀疑，怀疑这不会和梁财神献财似的没有下文吗？据《南明野史》载，张献忠"收载蜀府金银，道锦江而下。川将杨展截而杀之，重货悉沉于江。献忠遁入贵州，后谋诛于西充"。《蜀碧》则说，"献自江口败还，势不振，又闻王祥、曾英近资简，决走川北。将所余蜀府金银铸饼及瑶宝等物用法移锦江，锢其流，穿穴数仞实之，因尽杀凿工，下土石掩盖。然后决堤放流，使后来者不得发，名曰锢金"。前一记载说，定是沿江弃置，是最合情理，然也最无从寻获，似乎还是后一说属真好些，然也未必在望江楼下。凿工既被尽杀，恐怕知其事的人也不会让他遗留。就是退一步说，当时有真知其地的，恐怕早向新主子面前去献功了，又怎会当故事留传到今天？

然而科学是应该相信的，既已探出银子的所在就一定可以寻获了。且就事实说，也是寻获的好，那是多么可爱的一笔偏财！又是多么便宜的事情。

　　"外财不发薄命人"，那么中国是有福的了，不，掘金的是有福的了。"非外财是不能起家的"，也或者中国因此而"发家"了！

一九四〇年七月十日

【选自田仲济著《情虚集》东方书社一九四三年版】

臭　虫

一天的行程使身子疲乏得如出了气的皮球似的，一进旅馆便倒在床上了。朦胧中觉得身子底下有什么蠕动，打开灯一看，被单子上爬满了臭虫，大的小的，纷纷地逃走，怒火烧在了心头，转眼间几十只已死在手指下了，两个手指染成了红的，我胜利地笑了，好像仇敌的血已溅在了我的面前。

重新躺下，可仍然睡不着。我想，臭虫虽然死了，胜利又何尝属于我！

成千成百的臭虫，寄生在木床的缝里。它们什么劳力都不费，每夜都有一个血肉的体躯放在床上供它们吮吸。在人是说上床睡觉，在臭虫又怎能保它们不以为人的吃饭是为的维持常有血液，睡觉是为的供它们吮吸呢？归根结蒂（底），劳劳碌碌全是为了它们。固然胜利常是在人间，将它们擒住，扣死，看着手指上的红血，胜利地笑。然而想一想，这血虽然说是臭虫血，却正是自己的血，再看一看被单子边缘上，肚子胀得红珠子似的连走也走不动的臭虫，那骄傲和胜利者该是谁呢？

为了不愿做搏斗的失败者，第二天我另找了一个旅馆。茶房说曾用药熏过，没有臭虫。夜间果然没有，然而我仍没有睡着，又为臭虫的前途担心起来了。

自然是残酷的，一切不能独立生存而又无用的东西，将都归消灭。城市的狗已失去了守门的职位，为求生存，不得不降落到太太小姐玩物的地位；蚊子害人，但在野外丛莽中，时常遇见嗡嗡的一群，大概离开了人群也可以生活；细腰蜂没有用处，可是也不靠人生活，何况那婀娜的姿态常为画家写在画布上？蝙蝠是最讨厌了，那副尊容就令人见之欲呕，然而它有一个好名字，所以形象也常常被借了做吉祥的兆头了。只有臭虫长了那么一副令人见而生厌的容颜，又是一个不争气的名字，再加以名副其实的浑身臭气，除了吮人血液外，毫无用处，画幅中除了卫生挂图上也永不会见到它的影子。本身具这些缺陷，又离开床笫就不能生存。我想，总有那一天会来到，药熏了所有的床笫，那也就是亿万大族的臭虫无噬粪的时候了。人们也必然随着连它们的名字也忘记，即便想遗臭万年也不可得了。

生命的消灭，无论如何说是一件悲哀的事情，何况亿万的生命窒息以死，而没有人稍为注意！若造物主能以责备的话，我责备他滥生，更要责备他滥杀。

一九四〇年七月十七日

【选自田仲济著《情虚集》东方书社一九四三年版】

论 无 行

　　人人都说"文人无行"，可并没注意到无行者
并不限于文人，所以只看到文人无行者，大概有
两个原因：一是一般人以为文人该有行；二是由
于文人相轻，一见他人无行，便渲之染之，形之
笔墨。唯因以为该有行，乃见其无行便竞相指摘，
唯因渲之染之，乃遐迩皆闻，且传之久远。

　　自然，有些文人也的确无行，实例俯拾即得。
一本记载庚子之乱的书上说，北方文人无耻之尤：
八国联军进了北平，平津一带的文人，每人席底
下就藏着八面旗。看着穿黄军服的来了，就拿出
"大法兰西顺民"的旗子插到门间；停会儿看到戴
尖帽子的来了，便又换上"大德意志顺民"的旗
子。这一点，不识字的庶民就办不到。南河三余
氏的《南明野史》上也有很好的例子，降清的金
声桓到江城时，诸生数十人迎于江边。"声桓戴
方巾青纱金线蝴蝶披风，受诸生廷参于舟前，廷
参者初见即跪，跪已起揖，乃拜，复起揖，再拜
而止。声桓故武人，披轻衫，受文谒，喜殊不自

胜。左右顾从者，当如何答礼。且笑且抠引诸生起。口中谦让，喃喃有所云，而无其辞。颊涎坠缩如丝，诸生及从官皆目笑之。"

小小的两件事，已将八国联军进兵北平时文人的售诣求安，金声桓入江城时，文人的腼颜无耻，形容尽致。当顺民还要投机；自己无行，还目笑他人无知。但三十岁以上的人总该有这种经验，在大大小小的许多次内战中即使未目见，是也当耳闻的：文人固然常常胜利者的脚下当奴才，不属于文人的，可也不见得有值得称颂的勋绩。推想八国联军进北平时，情形也不会两样。大半不是鼠窜就已投降。庶民们也许随在胜利者或失败者后面做第二次抢掠，也许做了俘虏，成为伏伏帖帖的伕子。到市面一定，却又安稳过活，在营门外求残羹剩饭。至于满清入关，进占洱南时，腼颜求生的何止文人？证据是史可法在奏疏上早就很沉痛地指出，"在北诸臣，死节者寥寥。东南诸臣，讨贼者寥寥。此千古未有之耻也"。

固然，总说起来，无耻求和的文臣多，拱手降敌的武将少，不但宋代贪贿卖国的秦桧和精忠报国的岳武穆是一个很好的对比；东吴衮衮群儒中也只出了一个半文人的鲁子敬，周瑜黄盖诸武将都没有言和的。现在卖国求荣的是汪精卫、王克敏一班文职；以身殉国的是武将张自忠。可是同时我们也不要忘记，屠杀自已同胞，甘做他国附庸的是武人佛朗哥；陷绍宗皇帝被执，使南明更不可收拾的是权臣郑芝龙，虽有树旗"杀父报国"的郑成功，也是不尽以掩其罪的。上次巴黎失陷，不知外御其侮，而只肆力于割地称雄，称孤道寡的，是一些赳赳武夫；这次巴黎失陷，举整个国家以与纳粹的正是贝当将军。

所以不能知耻则无行，不是仅限于文人才如此的。当今无行者遍天下，多到说不定骂人无行而自己正是无行者。不见骂人家是娼妓，而称自己"老娘是指头上站得人，臂膊上跑得马的"，其实却正是偷汉子的婆娘吗？

一九四〇年七月十九日

【选自田仲济著《情虚集》东方书社一九四三年版】

阿 Q 与鸵鸟

阿 Q 与鸵鸟同是逃避现实，但态度不完全相同。

阿 Q 是求精神胜利，在被人打了后，身上痛，心里不舒服是一定也感到的，但一想到是不孝的儿子打了老子时，就释然了。因为他时不胜利，别人就抓着他的辫子向墙上碰，叫他承认输，胜利者以为这次可胜利了，得意地走了，可是阿 Q 接着也胜利地走了。

鸵鸟是到无法迎接现实时就逃避现实，不敢正视现实。它被猎人追得逃无可逃时，就只将头藏起来，露在外面的身子再不去管。大概是以为自己看不到猎人，猎人也就看不到它了，也许是无可如何的，自己也知道是自欺的办法。

精神胜利是事实上虽是失败了，自己也不承认输。此处不如人，但别处比人强；别处也不如人呢，则另有如人处；若各处都不如人，还有最后的法宝：现在换了中华民国，儿子比老子阔了。阔，虽然承认自己不如，但虽阔而是儿子，低一辈，那也不行了。这种精神不是普遍到每个人身上吗？起初以为无论什么天朝比夷狄好，清末吃了几次败仗，承认了人家船坚炮利，别的可还是我们的好。不知怎的，以后又退让了，连理工也说不如人，于是新式学堂立起来，"早上声光化电，晚上子曰诗云。"那时还以为文哲比西洋高，硬分成精神文明和物质文明。而今是连这些话也听不见了。相反地，出现了不少的天真得可爱的说月亮也是外国的明，耳光也是外国人打得响的阔少。自然，拜金轮法会，说中国的扶乱也合乎科学的人也还有。战前的时候，记得报上还用大字登着，如今是被炮火的声音掩盖下去了——有人说抗战是炼狱里的净火，将中国净化了，这说法是有见识的。

逃避现实，其实就是走向死亡。无论谁和现实是离不开的。像鲁迅先生说的，抓住自己的头发提提看，就是没有人向你摇头，也是连半寸也离不开地，何况就是离开半寸也没有用处！鸵鸟明明知道后面有致命的猎人，却只将头藏起来就完事，这种处事的态度是不可法的，固然它一定最精疲力竭了，但至少躲藏的力量是应当用在挣扎着逃跑上的。只顾头不顾身子，任敌人宰割，实在不是办法。困兽的态度，不是降，也不是闭目等死，而是死斗。斗，可以想象到，仍然是面对了敌人，要掩蔽的是身子而不是头。就是失败，也是眼看着敌人的刀锋刺进自己的肉体。自然，这是一种残酷的斗争，但唯有从残酷的斗争中才能找到生路：俗话常说"穷寇莫追"，为什么"莫追"？怕做殊死战，怕被反啮，若是像鸵鸟似的，一急就藏起头来，那是一定被追到家的。"狗急了跳墙"，劝不要逼人太甚，也是这个意思。

阿Q和鸵鸟的不同处是：一个是现实的失败者，却去求精神的胜利；一个是惧怕现实，不敢面对现实，结果还不免做现实的牺牲。前者几近无赖的心理，后者纯是怯懦的表现。

阿Q的态度无可赦；鸵鸟的行为虽卑怯，但究竟是因难挽回的厄运压在了头上，何况还曾尽过全力的挣扎，是该被原谅的。倘是连雨打风吹，也闭目只求不见，不知趋避，那才真该死呢。

一九四〇年七月二十九日

【选自田仲济著《情虚集》东方书社一九四三年版】

灯下偶记

我时常想，与其过去那样地翻印性灵小品，现在的滥造抗战八股，倒不如老实地选几个宋末明末野史笔记之类的书印一印较为有益。因为这里面真有血，真有泪。有慷慨悲歌的志士，有奴颜婢膝的贰臣。侵略者们的残暴，亡国者的惨状，也都可在此看到，是堪做当前的鉴戒的。

例如《南明野史》，写亡国君臣的情形，民众的被涂炭，就非正史所能及。是每个人所应该读一读的。

都知道明亡最大的恨事是竟亡在并不怎样昏庸的崇祯手里。可多半忽略了南明的不能复国，甚至不能偏安，并不是因为敌人过于强大，而是因为内部过于腐败。在国势危殆至极的时候，还是昏君权臣只知鱼肉良民极尽淫乐，国又怎会不亡！昏君如安宗，既奢侈，又残暴。太后一到，丝毫不顾国家的凋敝，而"限三日内，搜括万金，以给赏赐"。工部何应瑞，侍郎高倬苦于点金无术，"恳祈崇俭"。结果是不听。并且又"选内员及宫女"，以致间巷骚然。大臣疏谏，结果仍是不听。再加上朝臣中"谄谀者多，抗颜者少"，甚而帮凶谋杀，诱致先帝太子来下刑部狱，使故妃童氏瘐死狱中。清兵已薄京师，他还"以演戏不视朝"，"集梨园人内演戏"，快乐地"与群小杂坐酣饮"。这么乐不知亡，和"乐不思蜀"真可媲美了。如此"沉湎酒色，信任金壬"，民生自然日悴。再益以"文臣弄权，只知作恶纳贿。武臣要兵，惟思假威跋扈。上下离心，远近仇恨"。大明又怎会不被他们送终！

当时弄权要兵的文武，并不让于三国的董卓与以文王自况的曹操的。如马士英、郑芝龙、孙可望就将安宗、绍宗、永历三代完全葬送了。我们只看看马士英挟天子与左良玉相争的这一段，就可看出比阿瞒逼宫并不逊色了：

十九日，召对。马士英力请亟御左良玉。大理卿姚思孝，尚宝卿李之椿，工科吴希哲等，俱请备淮扬。帝谕士英曰："左良玉虽不该兴兵以逼南京。然看他本上意思，原不曾反叛。如今该守淮扬，不可撤江防兵。"士英厉声指诸臣对曰："此皆良玉死党，为游说，其言不可听。臣已调得功、良佐渡江矣，宁可君臣皆死于清，不可死于左良玉手。"嗔目大呼曰："有异议者当斩。"帝默然。

这不是活绘出了一幅阿瞒逼献帝的图画吗？
"帝默然"三字已形容尽专制魔王失权后的窘状。
一个权臣就可规定他的死活。后来毕竟君臣都
"死于清"了，然而臣中却没有马士英。武臣不但
跋扈，且又昏庸，似如郑鸿逵、王得仁，其"憨
态可掬"并不让于清末的文武。清师已破扬州，
沿江问渡，驻防京口的郑鸿逵还是"军中大宴，
歌舞喧天"，清师又怎会不潜入金山寺，袭京口，
破镇江？至于王得仁的行径，则更可"爱"：

> 时清师围南昌，水遮陆截。而得仁方娶武都
> 司女为继室，锦绮金宝筐簏万千以为币聘。亲迎
> 之日，绣旛帷灯，香燎历乱，鼓乐前后导从溢街
> 巷。城外高台望见怪之，意以为饰降也。笙歌方
> 喧，忽闻大声震天，火光数十道，拥黑云如大车
> 轮，飞堕城中。哄言天崩，举国奔走。相蹈藉赴
> 井水死者无算。已而寂然，歌鼓复作。众稍息。
> 晡时得铅弹子于澹台祠东，称之其重八斤。盖城
> 外炮核也。

城外炮弹打进城而仍然不知道，且以为天崩，
一群人死过后，仍然歌鼓复作。这和庚子之乱，
伶装花脸，雉尾面具，杂在观众中被洋炮轰得死
伤枕藉，血肉模糊的事何其相像！又何其都令人
啼笑皆非！

在这样昏君权臣暴行的时代，受痛苦最大的

当然仍是老百姓，除被杀伤劫掠剥削之外，还得忍受饥寒的痛苦，王得仁治下的南昌，就是很好的例子：

　　城中薪亦尽，撤屋以炊。米至六百金一担。有反楗重户，枕数千金而死者。禽鼠草根木实殆尽，遂杀人而食。……交衢直巷先有瞭者，为隐号者，为隐号曰：雄鸡也，即男；伏雌也，即妇，曰有翅，即带刀者；曰有尾，即群行者。闻无翅无尾，则共出而杀之。其始第兵食民，既而民复群聚掠兵为粮，后乃父子夫妇相啖。

一九四〇年七月二十九日

【选自田仲济著《情虚集》重庆东方书社一九四三年版】

"看　见"

　　看见虽常常被作为坚执己见的根据，其实看见并不一定看对的。两个近视眼争论匾上的字，争论半天而实际上匾尚未挂出的那种未看见假充看见的论点且不说，就是真看得见的，也何尝就个个可靠？一个人看见了一副朽烂的棺木，见一双皮鞋还完好如故，就对别人说，那死人全腐烂了，只有脚没有烂。别人不信，同他争论，他第一句话问那人曾看见过没有，第二句是说自己曾亲眼看见过。

　　被他问的人惭愧得很，对于第一句的回答是"没有"，对于第二句那就只有拜服了。但若不讲空道理，却剥下那一双皮鞋，给他看一看那只有白骨的两只脚干，他就明了亲眼看到的并不一定可靠了。

　　和这同类情形的是常讲一个故事：一个人从山西来，问他太行山的情形，他说那里只有一个大行山没有太行山。对他说没有大行山只有太行山，他无论如何是不信的，因为是他亲眼看见的。

对这类事，说服不可能，剥皮鞋的方法用不上，那就只有任他念一辈子大行山了。

看见而仍然错误，是因只看见了表皮，没深入到内部，或根本竟是看错了。许多人是这么观察东西，这么生活着。看见皮鞋便不去看脚，看见"太"字，不去看那一点。自己还以为是千真万确地亲眼看见的。对于这类人除了剥去皮鞋或让他念一辈子大行山外，实在没有更好的办法。

遗憾的是似乎不仅限于日常生活中才有这类情形，而渐渐地流行到著述界了。无意中翻开了一本萧先生的《伟大的鲁迅》，在"此外，我们从鲁迅的作品中，例如《孔乙己》一篇里还可看出鲁迅先生小时候的生活状况"下引了《孔乙己》中一段话：

我从十二岁起，便在镇口的咸亨酒店里当伙计，掌柜说，样子太傻，怕侍候不了长衫主顾，就在外面做点事罢。外面的短衣主顾，虽然容易说话，但唠唠叨叨缠夹不清的也很不少。他们往往要亲眼看着黄酒从坛子里舀出，看过壶子底里有水没有，又亲看将壶子放在热水里，然后放心：在这严重监督之下，羼水也很为难。所以过了几天，掌柜又说我干不了这事。幸亏荐头的情面大，辞退不得，便改为专管温酒的一种无聊职务了。

初时以为萧先生有什么了不得的发现，看下

来原来却是这么一个结论，令人不禁喏然。萧先生不想想，若从这段话可以看出鲁迅先生小时的生活，那么从《狂人日记》前面的附志也可以断定作《狂人日记》的不是鲁迅先生，而是患"迫害狂"的某君昆仲的其一了。但是这种说法，虽是亲见其文并且也引以为据了，又有谁相信！

所以看见了并不一定说得对，因为还有看不真，看不清在里面！几十年以前，萨柯、樊士底，就是死在那群妇人孺子"看见"的铁证下面的，但是世界上没有一个人相信那"看见"是可靠的。看的固然是客观的存在，糅合上的却是主观地判断，因此，那反映出来的就不一定是真实了。

一九四〇年九月二日

【选自田仲济著《情虚集》东方书社一九四三年版】

言论自由

某报的增刊上有这么一条消息："在军事法西斯淫威下敌国的言论自由，差不多丧失殆尽，日本评论最近对于这个问题指摘很多，且感叹言论自由的破产，就是象征国家前途的黑暗。它说：'言论自由是任何时代所必需，是人类觉醒史上重大事情。如果没有言论自由，人类就没有像今天这样的文化，人类将依然不能脱除奴隶社会的状态。人格的尊严只有言论自由的存在才可以维持。言论自由是从血的斗争得来，不能不用血去保障它。国家愈伟大，言论自由是愈被尊重。'又说：'从来没有像今天这样感到言论自由的必要。今天社会有危机，国家有危险，有走向着反动自由主义的危险，所谓自由成为单纯支配阶级的自由，属于支配阶级的，在支配阶级口中的，为支配阶级的。资本主义高度化，形成独占，其实自由告终。'"

"言论自由的破产就是象征国家前途的黑暗"，自由的被独占，其实就是自由的告终，也象征了独占自由者的将告终。事情是不乏前例的，远的夏桀的偶语者弃市，近的北洋军阀的捕杀新闻记者。实际上弃市的还不是自己的锦绣江山，捕杀的还不是自己的统治寿命？

"人格的尊严"只有言论的自由才能维持。言论自由是从血的斗争得来，不能不用血去保障它。据说法兰西是最爱自由的一种民族，还在一七八九年就用血换来了自由，三色的国旗就是象征民主、自由、平等的。可是仅仅一百五十年过去，贝当和他的伙伴们就将仅有的这面旗子扯碎了，自由在他手中窒息以死。随着法兰西女郎也沦为纳粹的姜媵了。以号称世界第一位的陆军竟六个礼拜内屈服于纳粹。许多人在寻求其中的原因。有的发现是因飞机不够多，有的发现是因重武器不够多，却没有注意到，更重要的原因是以自由以民主号召的战争却自己先虐杀了自由和民主。不败又怎样？流了血了而自由仍不能保障，故国家就只有黑暗的一条路了。

我们国内的北洋军阀时代，许多新闻记者曾用血保障了自由。虽无冕之王终敌不过有枪之阀，许多记者被军阀抓去枪毙了，可是这些军阀们不久也和他们亲手戕杀的记者一样，遭了同样灭亡的命运。虐杀了自由之神，并没能延长自己专横的寿命，反是更加速地死亡了。为什么？自由的被独占，就是自由的告终，也象征了独占者的将告终。每一个统治者"到了只知压迫小民，排斥异己的时候，往往也正是已经预感到自己的命运将要没落的时候"。而且自由是不会永远灭亡的，"明、清两朝的卧碑……它规定生员们不得建议军民们的利弊，不得刊刻所作的文字，那气焰并不在尼古拉一世之下，不过明清的士子，还是一样地要反动"。

"国家愈伟大，言论自由是愈被尊重的。""言论自由的破产，就是象征国家前途的黑暗。"已走了这黑暗的死途的，国内有过去的北洋军阀政权，国外有贝当法兰西。正随着他们走去的是法西斯的日本军阀。所以日本评论曰："从来没有像今天这样感觉到言论自由的必要。今天社会有危机，国家有危险……"

这是值得走上这条死路者的警惕的。

一九四〇年九月二日

【选自田仲济著《情虚集》东方书社一九四三年版】

辟　谣

　　谣言常常自生自灭，很少有人注意，甚而很少的人知道。不过人常常自己好辟谣，于是因辟谣而谣言为许多人所知道为许多人所注意了。而这些人又往往只信谣不信辟，借辟知道了谣，辟反成了谣的根据，而传而播，生了翅膀似的，飞到各处。"风不来，树不响"，大半都是这么推理的。

　　是柴霍甫的一篇小说吧，一个官吏到厨房里和女厨师说了几句话，其实是没有任何人注意的。疑神疑鬼，猜疑别人怀疑他怎样，倒是他自己自扰起来了。向这个解释，向那个解释，解释的结果是许多人都知道了这件事情，而相信这件事情或许是真的，不然他又怎会那么发急地解释呢？莫泊桑的小说《绳子》的主人翁，一个老头子的行径也大概类此。他见了人就解释他拾的不过是一条绳子，并不是钱袋，可是更因此都认定那钱袋是他拾去的了。他越解释越没有一个人肯信他的话，事情越发传得没有一个人不知道，倒赚了一个"狡猾的老家伙"的称呼。他直到瞑目时还念念不忘，也直到瞑目时没能够洗清自己。虽然自从谣言发生后，他即以向各处解释作为每日的工作，实际上也如此做了。结果却不是谣言的消散，而是更传播得广了。得来的也不是同情，而是讥笑，以致重压着他直到在痛苦中死去。

空口辟谣是没有用处的，也不全是因为从来辟谣的好说假话。许多人专好幸灾乐祸，好探人隐私，好隐善扬恶，也是重要的原因。故一个谣言加在一个人的身上，无论是什么谣言，对于这人的不利，是可以断定的，否则谁也没有兴致来传说了。人家正讲说着津津有味的消息，你却出来说那消息怎样不确，完全发表与自己有利的言论，又有谁肯相信！所以辟谣的结果，常是不知道谣言的都因此知道，已经知道的更据此信以为真。

那么，对谣言怎么样呢？要么，任它自生自灭，要么拿事实来让它自己打自己的嘴巴，空口辟谣是往往无益而有害的。记得前几年各钱庄银号还出票子的时候，每到年关将近，他们最怕谣言，也最容易发生谣言。谣言一起，就发生挤兑，怎样解释都是无用的。只有将钱来显示一下，挤兑的放了心，就一声不响地各人握着一叠票子回去了。

故谣不能辟，只可以事实反证。因为自己常是谣言的传播者，传播的方法就是辟谣。

自然，这完全是指那真是谣言而说的。至于"到得后来，来证明这些到底是事实还是谣言的，往往就正是这事实或谣言的本身"的谣言，则这两种办法实在都没有什么效力了，后一种且要使自己丢丑得更早些。

实际上，这已不是谣言，而是事实了。

一九四〇年九月五日

【选自田仲济著《情虚集》东方书社一九四三年版】

敲 门 砖

　　孔夫子是一向被人用做敲门砖的，"书中自有黄金屋，书中自有颜如玉"，这书是指的"四书""五经"说的。读"四书""五经"原不过为了"斗大黄金印，天高拜玉堂"，为了"黄金屋"，为了"颜如玉"。这些书是作为敲门砖，敲开仕宦之门。门一开，姬妾美女，犬马玉帛都有了，砖也就无用了。鲁迅先生在《夜记》里就曾说："在三四十年以前，凡有企图获得权势的人，就是希望做官的人，都是读'四书'和'五经'，做'八股'，别一些人就将这些书籍和文章，统名之为'敲门砖'。这就是说，文官考试一及第，这些东西也就同时被忘却，恰如敲门时所用的砖头一样，门一开，这砖头也就被抛掉了。孔子这人，其实是自从死了以后，也总是当着'敲门砖'的差使的。"这话是的确的，虽说"孟子七篇皆言义，大学十章半理财"，但真的拿这类书籍当政治学、经济学来措筹国事或经理商贾的毕竟还没有。

　　三四十年以前，在一个悠长的时期中，孔子

和他这一思想系统的"四书""五经"以及文章，被当做敲门砖，三四十年以后这敲门砖换成什么，鲁迅先生没有说，但以前的敲门砖已不灵是提到了。因为他提出了曾有三个人，想借孔子做敲门砖，敲开"幸福之门"，结果是"幸福之门"对谁也没有开：一个是醉心帝制的袁世凯，"不但恢复了祭礼，还新做了古怪的祭服"；一个是"随便砍杀百姓"的孙传芳，"复兴了投壶之礼"；一个是"连自己也数不清金钱和兵丁和姨太太的数目了"的张宗昌，"重刻了《十三经》"。这三个人，都把孔子当做砖头用，但都在未敲开的门外死掉了，原因是时代已不同。

时代不同，敲门砖已经没有了吗？不是，是换了新的了，因为旧的已不合用。"四书""五经"换成了学位，大学文凭；八股文换成了洋八股，抗战八股；孔子换成了什么学派。

清末和民国初年，也就是鲁迅先生说的三四十年的前几年，聪明的人已悟到旧敲门砖之必须换了。被清廷派出去留学的，每年都有一大批回来。尤其是从东洋回来的，他们在那里的生活是有《留东外史》可为佐证的，但回来后可都成了天之骄子。几年的学问是用几只箱子载来的，身上穿了西装，手里持了证书，幸福之门对于他们照例是一敲就开的。从此后那用旧砖来敲门的便只有握着砖死在门外的一条死路了。

学位，大学文凭，不独敲仕宦之门得用它，就是敲美人的绣阁之门也得用它。最常见的，登报征婚的都说是"大学毕业"。

敲门砖，敲开门后便没有用了，新砖也是同样情形的。进仕宦之门后，所用的不一定是所学的；抗战八股洋八股和老八股毫无区别，不过是"八股之时者也"；至于什么学派之类，用它做砖的往往连意义也不明了，就和张宗昌之刻《十三经》一样，他自己对于《十三经》不一定懂得多少。

一九四〇九月六日

【选自田仲济著《情虚集》东方书社一九四三年版】

情　虚

火车上一个乘客的几百元国币不翼而飞。押车的宪警说，同车厢中一个着军服的人是最大的嫌疑犯，并对那乘客说，他若将他抓起来，他个人就可以上前帮他检查。他见乘客有些犹豫，就又说，若不是那人，他一定很坦白地让检查，倘是真扒去的并冒充军官的才会发厉害。

扒了钱的人本应该情虚反发厉害，没扒钱的倒坦白地让检查，好像是极有趣的一件事。其实稍一留心就会看出所有的事情莫不如此。唯因内心情虚，才表面上装出大胆，不在乎，给人颜色看，叫人不敢小觑他；内心坦然的，则不拘怎样了。姨太太最怕别人看她不起，所以时刻摆出比大太太还足的架子；破落户最忌讳别人说他穷，所以一领长衫死披在身上不肯脱。例子古往今来实在太多了。

出名的《空城计》就是情虚的一件杰作：司马懿杀孟达，夺街亭，亲率大军十五万直杀奔西城县。身边并无大将，只有一班文官和两千五百名军卒的诸葛亮，本来难逃劫运了。他却索性连城门也不关，"披鹤氅，戴纶巾，引二小童携琴一张，于城上敌楼前，凭栏而坐，焚香操琴"。司马懿见了反叫"后军作前军，前军作后军"，急忙退去。

流传民间的武松杀嫂的故事，潘金莲也是一个善于情虚发厉害的婆娘。几天前才调戏了小叔，"你若有心，吃我这半盏儿残酒"，被骂得面红耳赤。几天后武松拿"篱牢犬不入"的话劝她"把得家定"时，她已会神气十足地说："我是一个不戴头巾的男子汉，叮叮当当响的婆娘！拳头上立得人，胳膊上走得马，人面上行得人！不是那等搠不出的鳖老婆！自从嫁了武大，真个蝼蚁也不敢入屋里来！有什么篱笆不牢，犬儿钻得入来？你胡言乱语，一句句都要有下落！丢下砖头瓦儿，一个个要着地。"

两件事情虽不相同，可都是因情虚摆出来的迷阵。孔明的抚琴是将司马懿骗过，没费劲即退了十五万大军。原因却不仅是为了不关城门，敌楼前抚琴，而是为的"平生谨慎，不会弄险"。所以故意装硬汉的事情，只可万不得已时偶一为之。既不足为训，是更不可以为业的。至于潘金莲的话，是连她自己也知道骗不过武松的。明知这话没有用处，却又不能不讲，只为借以遮盖自己的面皮，不当场认输罢了。这和火车上的偷儿被抓住时必先发一阵厉害是同样的心情。说"蝼蚁也不敢入屋里来"的，将西门庆抓住就无话可说了；说自己是好人，不会偷人钱的，将法币从他腰里翻出来也就不再狡辩。

但西门庆一溜，法币一藏，对别人就马上又装硬汉了。唯人人已都知道他们的伎俩，固不仅限于打虎的武松和车上的宪警！试看"色厉内荏"不是成了一句熟语了吗？盖"内荏"者常常"色厉"也。

一九四〇年九月十五日

【选自田仲济著《情虚集》东方书社一九四三年版】

91

说 真 话

说真话的人少，说真话也真不容易。

俗话说："说了实话，误了自家。"这说明真话之不可说，除非是安心自己吃亏，自己误自己。真话不可说，可说的自然就只剩下了谎话。常说"爱情就是撒谎"，其实撒谎的何止爱情！世界就是一个谎话世界，无往而不是谎。

谎话到了登峰造极的地步，就必须从反面才能推测出一点底蕴了。还是说十几年前军阀混战时期吧：我们只看到双方都宣传胜利。仗本来一打必见输赢，不能都胜或都败的，如今都是胜利者，这胜利就有问题了。到假胜利再也不能冒充时，就"缩短战线"，"诱敌深入"了。长腿将军张宗昌就是一位善会用这种战略的人。战线直缩短到没有，敌人直诱入到内寝。战略是彻底运用了，战果也收到了，自己却已没有立锥之地，不得不漂洋过海，东渡扶桑。

说谎到了人人不信，只从反面上推测，那不独失去了说谎的目的，吃亏的也将只有谎言者了。既是有王麻子招牌的一定不是王麻子，那招牌又有什么用？

在小学教科书上有这么一个故事：一个牧羊的孩子喜欢大声呼救，骗人说狼来了，久了人们知道他好说谎。一天狼真来了，他又呼救，人们还以为他骗人，都不肯去，结果一群羊全损失了。牧羊的孩子尽说谎话的结果损失了一群羊，责任比牧羊的孩子大的，则损失当不限于一群羊了。

可是，虽然从小学生起就教着说真话，也仍是无济于事的，反只显出了问题的严重，连儿童教育家都注意到了。因为已成风成俗，谎言者虽明明知道没有一个人相信他所说的是真，可不能不冠冕堂皇，有声有色地说。这在要人们的应景文字和谈话内特别显得明白。正好像死了人定发讣文发哀启，讣文哀启里也定是那一套。

到这个地步，谎话是丝毫没有用了。所以虽是谎话世界，尽说谎话也是不成的。英首相承认某次作战受损失甚重，不单引起许多人对他的坦白和大胆钦敬，且也相信他报告的所有的胜利消息了。何况说真话还为大家称颂？好汉是"行不改名，坐不更姓"的。那么说真话毕竟是可贵了。

一九四〇年十月六日

【选自田仲济著《情虚集》东方书社一九四三年版】

做　戏

　　据一位由南京来的人说，自汪家班登台后，那里发达了两种买卖：一是娼妓，一是缝工。前者是傀儡们唯一的寄托所，后者是装扮"新贵"们袍笏的制造者。由此可见"新贵"之多。或只有"督都职方满街走"，庶几形容其一二。传说留在那里的某部的两个工役也都荣任了"科长"，其情形当可想见了。

　　"衮衣旒冕"，"自门内推之以出"，是《聊斋志异》小翠与元丰做戏的故事，故"其旒冕乃梁黼心所制，袍则败布黄袱也"。然那不过是文人遐想罢了。事实和这相似的是明末唐王聿键在广州称帝和永历相抗。"招海上郑石马徐四姓海盗，授总兵等官。""时仓促举事，治宫室服御卤簿，通国奔走，夜中如昼。不旬日除官数千，冠服皆假之优伶。"

　　缝工赶制袍笏，梁黼心黄包袱当冠服，"冠服皆假之优伶"，工役成了科长，海盗授总兵等职，"不旬日除官数千"，事情是同样意味深长。

小翠做戏只能将梁黙心黄包袱做冠服；聿键是实干，不能那么草草，所以冠服皆假之优伶；汪家班也不是全只因今日优伶的冠服已不适于实用，而是二十世纪生产力增高，缝工赶制，可以立待其成，所以责成缝工制备了。小翠本来做戏，故也无官可除；聿键因是实干，除海盗做了总兵外，不旬日又除官数千，既有海盗于前，数千官吏内贩夫走卒恐亦难免掺杂其间。汪家班官职虽除到工役名下，然到底曾任职某部，有求其驾轻就熟之意，这也是新政治的进步处。

推出衮衣旒冕的元丰者是小翠，目的不过做戏而已；拥聿键称帝的是苏观生，目的不过怄一口气，报丁魁楚等不让共立桂王由榔之恨罢了；设汪家班的是平沼，但他的目的既不为做戏，也不是想解什么恨——这出戏他是不稀罕的。不过，虽提线人不像小翠之只为谑笑，更不像苏观生之只为个人出一口气，汪逆却还懵懵懂懂如元丰，做皇帝梦如聿键，自己穿戴上梁黙心的冕，破黄包袱的袍，治宫室，封群臣——固然如今是缝工赶制的，那又有什么分别？——本来是只配做戏的玩意儿，自己却想当真皇帝。

这憨态比元丰更可掬，妄想比聿键更可怜，因为前者自知是戏谑，后者既假伶人衣冠，自知也不过如做戏。而如今竟赶做"新嫁衣裳"，俨然以为是真事了！

　　"于是僵尸统治变成了戏子统治。"

　　何凝先生说得是，"僵尸还要做戏，自然是再可怕也没有的了"。可是，台拆人散的时候不远了！

一九四〇年十月六日

【选自田仲济著《情虚集》东方书社一九四三年版】

傀　儡

　　只要不是无耻者，被目前的老头票冲昏了脑子，如溥仪、汪精卫之流，是谁也不甘心为人做傀儡的。但最可痛惜的是，越是生前不愿为人做傀儡的被迫害的先觉者，越是死后常被他的迫害者将他变为傀儡，这也许连他自己也料不到吧？

　　受了一生围攻和迫害的鲁迅先生，如今所受到的就完全是恭维和赞叹。鲁迅先生逝世四周年纪念日虽已过去差不多两个月了，赞颂的声音却仍然没有消歇。这些赞颂者有的是他生前的拥护者，也有的是他生前的迫害者。这，一方面显示出了死者的伟大，一方面也说明了人类的卑鄙。

　　有的人却不如此看法，说是"一个著作家在死了之后，从前反对他最厉害的人，也会变成他的追从者，从而加以颂扬。这在古来，已经是常有的事了"。为什么一个"反对他最厉害的人"而变成"他的追从者"？仅仅为了"死"吗？或是因"古来已经是常有的事了"？我真不明白，被问的或者虽明白却不愿说，但鲁迅先生早已告诉我们了："预言者，即先觉，每为故国所不容，也每受同时人的迫害，大人物也时常这样。他要得人们的恭维赞叹时，必须死掉，或者沉默，或者不在面前。"

"总而言之，第一要难于质证。"

为了什么？为了"难于质证"。所以反对者也可以"追从"，"颂扬"，拿死者的话做自己的武器。话虽然被曲解，可再不会如第三种人施蛰存引用过的话似的，马上被质证了过来。

如果孔丘、释迦、耶稣基督还活着，那些教徒难免要恐慌。对于他们的行为真不知教主先生要怎样慨叹。

"所以如果活着，只得迫害他。"

鲁迅先生现在之所以不受"迫害"，就是因为他不再"慨叹"了。于是迫害乃变成了恭维赞扬。诚如所说的，"这在古来，已经是常有的事了"，算不得稀奇。

那么，让反对者反对到底才对吗？自然也不是。

一位友人说，如此下去，几年后，鲁迅先生入圣庙，吃冷猪头，也很能办得到，然而那时他可也完全变成一个傀儡了。

这道理一点也不错，鲁迅先生也早已看到了："待到伟大的人物成为化石，人们都称他伟人时，他已经变了傀儡了。"他又说："有一流人之所谓伟大与渺小，是指他可给自己利用的效果的大小而言。"

如今就都在就"自己利用效果的大小"在"追从"在"颂扬"。这不足怪，因为实在也是"这在古来已是常有的事了"。

可是事情发生在鲁迅先生身上是该喜呢，还是该哭？

在中国，当高尔基死掉的消息传来以后，他的照片和文字破例地走到那些欧洲的刊物上，期刊上，被框着黑线而纪念着。民族主义文学家，法西斯蒂的信徒，为艺术而艺术的艺术家们也为他写了文章，称之曰伟大，誉之为勇敢，好像忘记了高尔基是意志上的敌人，精神上的讨伐者了。

"这确是高尔基的伟大的地方。"（唐弢：《投影集》25页~26页）

同样地，这也确是鲁迅先生的伟大的地方。但从前作为"意志上的敌人""精神上的讨伐者"的话语，如今被他们割裂利用，为了利用的效果而"追从"，而"颂扬"，则又不能不使人感觉沉痛了。

故颂扬追从是为了"沉默"，为了已"难于质证"，为了他已不能"慨叹"，总之，是为了他可成为自己的"傀儡"，供自己"利用"地颂扬和追从，不是颂扬和追从，而是卑劣无耻地自私地对死者的污辱和迫害！虽"古来已是常有的事"，在今日也应该声讨的。

一九四〇年十二月三日

【选自田仲济著《情虚集》东方书社一九四三年版】

"灭 口"

　　据说生病是很风雅的一件事情，也并不是仅为了"多愁多病"身，才能配"倾国倾城"貌。病西施既然分外招人爱怜，病张生一定会更令人钟情；不见"文弱书生"，并不是诟病，倒是书生而粗鲁，才使人齿冷。到底是俗人，病恹恹的风雅味道我一次也没有感到，每次都是头昏欲裂，心呕欲吐，背脊骨发冷。

　　昨天因为走路出汗受了点风，病又来了，晚间还不到八点钟，即觉坐不住了。睡吧，怕睡不着，会更不好受，可是不睡也是不好受，到底睡下了，果然睡不着。清醒地瞪着两眼看着顶棚，自然脑子不能不想，不知从什么地方忽然想到了"灭口"的问题上去，是受了前天看了几页旧小说的影响吧：事情既然他知道了，就不能不杀了他灭口，"好汉饶命"！"饶不得你了"。于是手起刀落，把一个人结果了。谁也常记得这样的一些情形吧？《拍案惊奇》上就有这么一段，一个和尚的秘密地窖里藏着女人，他的朋友误走进去了，和尚就要结果了他。为了保持自己的秘密，虽是朋友也不能放他活着出去的；可到底看了平日是朋友的情分，说出了两条死路，叫他任择一条。这事在和尚做起来，好似罪大恶极，其实自古以来，强者对弱者的行径都是如此。自己的过错，自己的罪恶，最忌讳他人知道，最忌讳他人讲说。所以不独讲说的人有祸，连知道底蕴的人也难以免灾的。最普通的是"吾事已为窥破，不可不杀之以灭口耳"。曹阿瞒杀杨修，罪过是冠冕堂皇的，实际还不是因为"丞相实未在梦中，汝在梦中耳"一句话吗？

本来"发人隐私"是最易招人"忌恨"的，不过倘这隐私是于民为害，为明哲保身，固然该袖手不管，可要是为民前驱，就又不当只顾个人利害。隐私应当揭发，和尚的窝藏女人，也当告密。不过这还是对付那力量不怎样强大的，若是遇见贵为天子，富有四海的"人君"，或同等力量的人臣，就应该另行考虑了。虽然顾炎武在《直言》里引了盘庚"无或敢伏小人之攸箴"的话，"子产不毁乡校，汉文止辇受言"的故事，并说《诗经》《楚辞》等怎样直斥不讳，说明大人先生是求直言的。我可总觉几近腐儒的迂论，是不能当真相信的。说大人先生好名可以，表面上求直言就是好名的证据。真欢喜"攸箴"，则难令人相信。荀彧、荀攸的死，历史上是记得清清楚楚的，若说阿瞒是奸雄，那么圣主仁君的两手，哪个不是血污的？到秘密被窥破，短处被知道，只要他大权在握，必定说声"饶不得"，举起钢刀，或者借一个冠冕堂皇的罪名，或者什么也不说，便叫别人为他的秘密而牺牲了。自然这样常常的结果是"朝多沓沓之流，士保容容之福"，"一国之人，皆化为巧言令色孔壬而后已"。安徒生的"皇帝的新衣"，虽根本并没有那样东西，但为了据说只有有罪恶的人才看不见，就从织工纺织的时候，人人虚谎美丽，皇帝穿了从街上经过，个个赞叹好看，直到被一个小孩子指出来，皇帝不过是光着屁股，一个谜才被揭穿。仅是为了怕人知道自己有罪恶，就容容随和，不肯说出真话，若更加以性命的威胁，则自然除容容外只有默不一言了。

这是纯属威迫的方法，二十世纪却更有利诱的手段，和腊月二十三送灶的方法差不多，拿东西堵住他的嘴，不让他随便说。据说武昌起义，绍兴光复，王金发做了都督，几个青年办了一张报纸，说是"来监督他们"，"开首便骂军政府和那里面的人员，此后便是骂都督，都督的亲戚、同乡、姨太太"，"报纸骂了几天之后，王金发叫人送去了五百元"。这五百元就是买糖堵嘴的钱了。

灭口的方法进步了，口的搬弄也随着改变，不一定容容或是缄默，有时也间或撒娇装痴。这不行啊，得去做，妙法多着呢，每个人每天刷牙就算用一分钱的牙膏吧，一天全国就用四百五十万元，我们几天不刷牙，不是就省下一笔很大的开支吗？衣服的扣子，若全国都改用布的，四万万五千万人，一年该省多少钱呢？但就是这些话也是看着主子的颜色说的，偶尔挽上一句，你看，人家穿得都很漂亮，"你衣角上有些泥啊"！主子听了不高兴，把脸一沉，于是话马上就改口了，嘻，嘻，嘻……

然而，在作为主子的人君或力量和人君相等的人臣，势焰到了这一步，实在也并非长寿之兆，因为沉默会使弱者变为强者。强者多是不多言的。如自然界里，"鹰的捕雀，不声不响的是鹰，吱吱叫喊的是雀，猫的捕鼠，不声不响的是猫，吱吱叫喊的是老鼠，结果，还是只会开口的被不开口的吃掉"。鹰和猫并不禁止它们叫，仍是舒舒服服把它们吃了。想想十年前军阀时期，"有实力的并不开口，就只杀人，被压迫的人讲几句话，写几个字，就要被杀，即使幸而不被杀，但天天呐喊，叫苦，鸣不平，而有实力的人仍然压迫，虐待，杀戮，没有方法对付他们"……所以口还是由自己来灭吧，要做一个用手的有力者，不要只做一个用口喊叫的弱小者。空白叫喊是没有用处的，弱者所以吱吱叫，呐喊，叫苦，是当时想到的唯一的方法，想借以摆脱不幸的命运。仔细研究起来，方法既无济于事，于强者也是无伤的。不过为强者计，若是连吱吱呐喊叫苦也不许，逼迫着沉默无声，除非是把它吃掉，不然，不能喊叫时，他必然找另外的方法。事实上，除了喊叫就是行动，另外还有什么呢？那么，沉默就是准备了！全都吃掉，又不可能，可能也依然非福，雀鸟无醮类的时候，不是也许是苍鹰绝迹的时期吗？

"最高的轻蔑是无言"，最高的愤恨是怒视，在只动口舌的时候，那还是不愿动实力或无力抗争，一到面对面站起来，口舌就成了多余，一点用处也没有了。由揭发指责变成无言地奋击，才是真正的战士。

弱小无力者，并不一定永远弱小无力，生之欲会使他产生强大的力量，Stefan Zweig 在《奴隶人的控诉》中说，在纳粹征服的国家被无边的沉默笼罩着。"好像整个国家，所有的城市，所有的乡村，所有的几千万居民，都被大地吞没了……都突然变得哑了。在一片沉默中，听不到一点点声音。……只有一阵空虚，像一片铅笼罩着全国……"这些弱小者永远沉默下去吗？真的

"他们什么方法都没有，有的只是希望与祷告"吗？

只要不全部灭亡，他们不会永远沉默下去，因为沉默就是反抗的前奏曲，我不但"坚决相信他们痛苦的沉默所发出的祷祝终有一天会应验"，且坚决地相信使这祷祝终有一天应验的，会是他们自己的力量，纳粹没有方法像鹰或猫的吃雀和鼠把他们吃干净，那他就终有被他的俘虏灭亡的一天。Stefan Zweig 不是也说"如果不是我坚决相信他们痛苦的沉闷所发出的祝祷终有一天会应验，那么，生命对于我就不再有什么意义了"吗？

我到底一点风雅味也没有，竟想到了这些煞风景的事情，可是想到这里，病也好些了。

一九四一年

【选自田仲济著《夜间相》明天出版社一九四四年版】

"天下太平"

　　七十回《水浒传》的结尾是，梁山泊一百单八人大聚会，当日歃血饮酒，大醉而散。是夜，玉麒麟卢俊义归卧帐中，便得一梦：梦见一人，其身甚长，手挽宝弓，自称"我是嵇康，要与大宋皇帝收捕贼人"，卢俊义提朴刀抵敌，刀头先折，再去拣别的兵器，齐齐都坏，于是被那人一弓梢，打断左臂，缚做一块。接着，宋江等一百单七人也都绑缚着，一齐哭着膝行进来。那人一声令下，壁衣里蜂拥出行刑刽子手二百一十六人，两人服侍一个，将宋江卢俊义等一百单八个好汉，于堂下草里一齐处斩。卢俊义梦中微微闪开眼看堂上时，却有一个牌额：大书"天下太平"四个青字。

　　梁山泊上竖的杏黄旗上大书的是"替天行道"四个大字，房子是"忠义堂"，一百单八个好汉时刻念念不忘的是归服朝廷，建功立业，封妻荫子，掘地得的石碣上一边是"替天行道"，一边是"忠义双全"。三十六天罡和七十二地煞下凡也完全是天意，不独有石碣的天书可证，"伏魔之殿"也

107

明明大写着"遇洪而开"，洪太尉才放走了群魔。宋江不独向宿太尉借金铃吊挂时毕恭毕敬，并告复在"专等朝廷招安，与国家出力"，就是想让第一把交椅给卢俊义时也说为的"他时归顺朝廷，建功立业，官爵升迁，能使弟兄们尽生光彩"。

然而就是义盗，就是"替天行道"也不行，天意也不行，必须两个服侍一个，一齐处斩，才算"天下太平"。虽然要的是"酷吏赃官都杀尽"，"忠臣报答赵官家"，因为出在强盗之手，仍然不成。为什么？盗无道，是犯上作乱，是封建社会所不许的。所以那人拍案骂道："万死狂贼！你等造下弥天大罪……我若今日赦免你们时后日再以何法去治天下！况且狼子野心，正自信你不得！"

那么商汤伐桀，武王伐纣，为什么史家不行笔伐，反歌颂为"吊民伐罪"，传为千古美谈，连亚圣孟轲也举手赞成，说是杀一独夫纣，未闻弑君也？盖商周赚便宜在曾定鼎天下，且有几百年的王业，宋江等吃亏在终于做草寇以终。历史上开国的君主多半英明仁爱，亡国的皇帝常是残暴无道，原因也在这里。国既亡了，一群帮闲们都争着去替新主子说话，对于新主子的仇敌自然不能再替他粉饰，且要尽口诛笔伐之责。新主子都是仁君，旧皇帝全体昏庸，于是昭然若揭了。摘星楼自焚的纣，三屠嘉定的"客君"且都不说，刘邦斩蛇起义，朱元璋逐鹿中原，由流氓而跃为明君，还不全是帮闲者们的功绩？这些人哪个不是有一双血淋淋的手？但在史籍中却是很难看得出的。开国君主中只有秦政被描绘成一个暴戾的化身，他吃亏在到二世即亡，帮闲们都替新主子说话去了。

若如铁牛的话，保着公明哥哥，杀到东京，做个皇帝，那《水浒》的结束自然不同。虽是强盗出身的天子，一戴上冕旒，众弟兄们都成了衮衮诸公。帮闲们自会从籍载、星象以及诸般征兆上，找出许多"应天命""顺人事"的铁证。也就用不到完全杀尽才"天下太平"，倒得来一个相反的大团圆的结局，末尾的诗必定是歌颂子孙绵绵或圣朝清明。然而没能够，"无过只是水泊子里做个强盗"，是异端，所以被目为太平的障碍，必然完全杀除，然后天下才能太平。

其实何止宋江等的结果是如此，似如张献忠也吃了同样的亏，实际上他何尝如描绘的那么无理性的凶残？并且，若他当时曾统一天下，且子孙绵绵，即便再凶残些，也必定被写成英主圣君。他既没能够，就只能配描绘成什么都不像的强盗了。

一九四一年
【选自田仲济著《发微集》重庆建中出版社一九四四年版】

反面文章

日本是一个以警犬发达出名的国家。在某杂志上登着一则笑话：一个人写信给他的朋友，末后说，虽然还有许多话，可不能在这里写了，因为没有一封信能漏过检查员的眼睛，没有一封信有幸运，不被检查。当检查员看了后便直感地拿起笔来写道：可是这次你猜错了，这封信我便没有检查。

那笑话的标题好像是《日本人的诚实》，还有好几则，也都是和这相似的事情。其中的一个是说，日本人从来不说实话，虽然就是不关紧要的事情也是如此，往往他告诉你的正是反面。习惯了，说的成了原则，听的也就照例猜反面。例如在火车上遇见一个熟人，你问他到那里去，他倘说到东京去，那便可知道他一定不到东京去。检查了信还强辩说，"这次你猜错了，我没有检查"，却没想到强辩没检查的亲笔字正写在信封以里的信纸上，而又是明明地回答所检查的信上的话。这真是做反面文章到了家的一个例子了。

　　事情也许不是真的，而是被人想出来的笑话，但这笑话和非农民替农民想的那类笑话，说他到皇宫里，看见皇太后在那里摊煎饼，锅是金的等等不同。前者极近于实情，至少有许多事情是类似这样。而后者，农民未必那么想，不过是非农民以为农民会那么想而已。

　　很流行的一个笑话也和这相似：一个人将银子三十两埋在地里，怕人知道，就在上面竖一块木板，写道："此地无银三十两。"隔壁的阿二因此却掘去了，也怕人发觉，就在木板的那一面添上一句道："隔壁阿二未曾偷。"

　　埋银子的傻，隔壁阿二更是傻气可掬。埋银的告诉了阿二银子的所在，阿二因此偷到了银子，却又照样地告诉了埋的银子是谁偷去了。说这永远是笑话，不会有这类的事情吗？其实不然，一个小孩子从外面买了糖走来，你向他要，他不给你，你要去夺，他口里连声说没有，手赶快遮起口袋来。说没有就是有，手去遮就是告诉了所在。大人做事，实际上也不比小孩子聪明了多少。

　　所以虽做反面文章的自以为最聪明，其实他瞒不过任何一个傻子，结局还是自己做了最傻的事情。因为常了，人人都知道他的伎俩了。故不待信纸上发现他的字迹才断定他一定检查过那封信。

自然，事情也不能全向反面猜，若那样就太可怕了。

一九四一年

【选自田仲济著《夜间相》明天出版社一九四四年版】

"夸毗"

　　整个民族虽在跃进中，一些劣根性却还遗留在某些少数人的身上，其中之一便是奴性的夸毗。夸毗对事对物均毫无是非观，仿佛是超于是非，高于一切，不党，不私。其实无是非并不是真无是非，乃无自己之是非。"对于人生，麻木冷淡"，万象皆秋，大可随便，自己本来无爱无憎，所以也就不冷不热。"此一是非，彼一是非，唯无是非，庶几免是非"，于是自己才没有是非，才彻头彻尾地驯服于他人的是非。一动不如一静，"宁为太平犬，莫做乱世人"，于是，奴才逻辑、奴才生活观都出来了。"存在就是真理"，"现实全是对的"，阿狗为什么被枪毙？因坏，"被枪毙便是坏的证据，不坏又何至于被枪毙"呢？

　　仿佛是超于一切，不党不私，其实是泥于一切，既党也私。一切都是基于个人的私利，利之所在，趋之若鹜，和强梁者不同处是胆小如鼠，畏首畏尾。"耶稣教徒其实是吃教者"，革命党其实是吃革命饭者；评论家，其实是上天梯者。

"讲革命,彼一时也,讲忠孝,又一时也,跟大喇嘛打圈子,又一时也,造塔藏主义,又一时也。有宜于专吃的时代,则指归定于一尊,有宜于合吃的时代,则诸教亦本非异教,不过一碟是全鸭,一碟是杂拌儿而已。"

故曰夸毗是多方面的,是聪明,却又愚笨;是懦怯,却又横暴。因面对的情形不同,采取的态度以异,动力全由于一点蝇头的利害。为了这点利害,可以奴颜婢膝,可以凶如鹰犬,践踏或蹂躏无辜者。所以他本身虽是一个被损害者,却血液里点滴的同情或怜悯也没有,比他的主子更缺乏人性。这类人的生活哲学是唯唯否否,如生在墙头上的草,东吹随东倒,西吹随西倒。

一九四二年

【选自田仲济著《夜间相》明天出版社一九四四年版】

发　　隐

　　"揭人隐私"是被称为最不道德的行为的，然而却也有索隐的发隐专家，好的称呼"考据家"，坏的说法是无聊的文人，刀笔吏，绍兴师爷，尖酸，刁薄，无理谩骂。谩骂当然不能成为文章，传之后世，于是只剩了考证索隐之类的动辄数万言的巨著风行，如《红楼梦索隐》之类，贾宝玉是曹雪芹自己，林黛玉是指梅妃等等。小焉者则考究 CL 或 BR 是指的某人，或素芳实际就是文英。

　　那么到底这是道德的或不道德的行径呢？回答是因时因事而异，本身并无所谓好坏，证之以"事无不可对人言"，"背人无好事"，被揭发者既本身先已有疵可议，其被揭被发就实在不能称为好或坏了。然而发隐者是到处被骂的。不过说穿了，骂也只能骂他未代守秘密，真这么骂起来不又等于不打自招，骂自己了吗？所以不能不挖空心思给他想出种种罪名，罪名想不出就只有反骂他尖酸、刁薄、无聊、谩骂了。

本来发隐太煞风景了。人家正在兴高采烈地夸说自己是一个不戴头巾的丈夫，响当当的婆娘，你看她过于高兴了，当场宣布，还不过是昨天，曾亲眼看见过她怎样偷汉。事实固然是事实，又使她怎样为人？又如一位摩登小姐，高洁，娴雅，你却指出她生着满身杨梅疮，岂不是当时就无法站脚吗？正在侃侃而谈，可迎面来了个当头棒喝，这种揭发隐私正是此种情形。

许多人，许多事，是表里不统一的，所谓笑里藏刀，知人知面不知心，都是这个意思。发隐自然就可使表里统一，虽难邀被发者的谅解，于别人却是有益的。

凡事有利必有弊，发隐有时也揭发得确是多余甚且好似无聊，似如说上帝造白玉楼，叫他作赋落成，不过是安慰自己和想念自己的人，于人是无损的，你却为了破除迷信，定要指破，宣明世本无鬼，全属子虚，这就认真得可笑了。据说某要人力行修善，为了制造历史，鼓励他的人说，时代过去是不复返的，要紧的是抓住现在。但另外却有人说，历史不是为自己写的，是为别人写的。连个人的传记也是被作为宣传资料而刊行的，清人的撰修《明史》，就不是为明，而是为清，所以力图复国的遗臣，都成了"明孽"，与流寇同列了。可是即使这是实情，说穿了，又有什么意味！

若执此以绳，则无所谓流芳百世或遗臭万年，这芳与臭与百世或万年后的自己是毫无关系的。辱及子孙吗？可是秦桧的子孙又在哪里？

　　然究竟社会是应当有是非，也是有是非的，岳武穆的忠，秦桧的奸，在他们死后辨明，虽于他们本身无所谓好坏，于世道人心却不能说没有影响。他们已变成抽象的善或恶的象征，已不是再尊崇或辱骂已朽的躯壳了。所以"秦桧忠臣辩"，由马端临的《文献通考》到吕思勉的《白话本国史》虽异口同腔，在历史的观点上，虽是非似不应混淆，应该一一为之澄清，但就社会的观点看是毫无意义了。

一九四二年

【选自田仲济著《夜间相》明天出版社一九四四年版】

流 行 病

在这国度里，什么都有摩登和背时。虽然只活了三十来个年头，见的可也够多了。女士们的裙子由长而短，由短而长。裙子背时了，旗袍当今，又是由长而短，由短而长，如今是回头再由长而短了。长时扫拂脚面，短时过膝一寸。在这期间，领子也是拉长了再缩短，缩短了再拉长。反摩登的并不是没有，山东半岛上曾出过"韩青天"，动员警察，大抓摩登；上海滩上曾有市民吴什么枢，悲痛陈词。随后兴起了一些身带红蓝水以及硝强水之类的英雄，如《封神榜》上撒神砂似的，专向摩登男女的衣着上撒：这是有权者和无权者反摩登的标准姿态，一方是暴君，一方是无赖，然而都没见什么效果。也许如俗语常说的，一草一芥是不足以遏止倒海的怒潮的，倒是只有连它本身也被卷击沉没下去。

摩登若只限于衣着，实在也并无关宏旨，我以为"风化"也不能以此而振起或败坏。问题是普遍于各事各物了。甲午之战，八国联军，影响是军国主义摩登，船坚兵利时髦，而后又各处大欢迎德先生赛先生，两位新宾红透了。不见雨过天晴，就再不见什么动静了。这种风气，甚至连"四民之首"的土地也波及到，声光化电是富国之本，非提倡不可，曾几何时，转而据说又不及精神文明，于是子曰诗云重新当时。近年各校是时而争读理工，又时而全学文法；如今是教育系无人，会计系满座了。这情形反映到书店里，仅就廿年来看，也很可观了。白话文一提倡，《红楼梦》《水浒传》风行一时；一九二七年前后，社会科学书籍占了第一位，甚而连书店也取名为社会科学书店，随后代之而起的是小说之类。再仅就战事发生后而论，变换之迅疾也够慨叹的了。抗战小册子，战地报告，最近布满各书肆的是美国式的什么成功修养之类。

风气时为变幻，路向刻有转移，只有显出浮浅，以及没有动向的盲动。若是以此作为心理的反应的话，由近来的一般倾向所反映出来的心理是可怕的。厌恶了抗战八股，因为不过是抗战八股。那么理论的书，略为大部头的书，都变成冷门，又是为什么？这些成功修养之类是什么内容呢？一言以蔽之，不外"修身养性"，目的在使读者借它作为阶石，更爬高一步。这志在裨益后进的苦心是可佩的。前些年岁，我们这国度还是自膏丹丸散，以致世传儒医，都是秘制秘传，秘方轻易不泄外人。"鸳鸯绣了从教看，莫把金针度与人"，盖由来已久。今天，竟以成功秘诀，一不与己俱逝，二不贻之子孙，竟而公诸世人，则是以金针度人了，诚是慈航普渡。不过，不是说人生用不到修身养性，在当前这金针秘方是否急需，是否应使每个人斤斤于自己的成败，是待商量的一个问题。国家民族在这么严重的危难中，当务之急，应是怎样挽救它渡过这段险涛。不是现在个人的修养可以置之不顾，而是只顾个人，不管民族，实在危险万分。因为没有民族，便什么也没有。现在的趋向，所以使人危惧了。我不知将出什么样的结局！

据说古时某大僚暮年教子说，若想发迹，只有一个字的秘诀：诌。也许诌是飞黄腾达的要诀，可是即便个人以此升腾显贵，又于世道人心何？而这样的显贵于国家民族又能做什么呢？一位友人来信说："时下书肆竟出新书，欺骗读者，复以士气趋利近功。故《处世新法》《处世教育》一类小册子，充斥市场，非特象征目前出版界之无聊，亦可概见当时之风气。顾亭林论'夸毗'斥'沓沓之流'，实则沓沓之流历三百年而不绝，于今殆尤甚焉！"这话确乎不错。

流风通常称为时尚或摩登，到此风此尚成为

国家或时代之害或累时，则称为病了，故吾名曰流行病，盖与霍乱瘟疫同为害人类也。

一九四二年二月二日

【选自田仲济著《夜间相》明天出版社一九四四年版】

关于"真实的讽刺"

在《杂文的艺术与修养》中我曾提到真实的讽刺一句话,有许多读者来信讨论这问题,有的赞同,有的表示了不同的意见。

其实,真实的讽刺这意见并不是我个人的,鲁迅先生就曾几次说过"讽刺的生命是真实"的话。他以为"讽刺作品,大抵倒是写实。非写实决不能成为所谓讽刺;非写实的讽刺,即使能有这样的东西,也不过是造谣和诬蔑而已"。这道理是人人知道的,造谣和诬蔑无论在什么时候,在什么地方,或加在无论什么人的身上,是都不能成为讽刺的。那么,讽刺必须真实不已很显然了吗?

这类话那本小册子中都已说过,这里不再赘述了。总之,一句话,离开真实是没有讽刺的,离开真实的讽刺是造谣、诬蔑或别的什么,但只不是讽刺。例如有一个禁娼的国家,在它的首都破获了一个大盗案,警务厅长对新闻记者发表谈话,说大盗是在某妓院中落网的。也许因为得意忘形，未加检点，事实上却是自己对自己来了一个讽刺。最可笑的是这话自自然然地流露于负禁娼责任的警务厅长之口，他忘记他们是没有娼妓的国家了。而且，既然称"某妓院"，言外已露出不止一家。这话和他另外的表示首都无娼的谈话放在一起，不是一个绝好的对照吗？而其间，别人是未窜改一字的。

类似这种事情，日常生活中是不难遇到的，遇到了，不让它滑过去，用笔如实地记在纸上，于是就成了最好的讽刺。这讽刺你能说不是真实吗？这就是我说的"真实的讽刺"的意义。

讽刺倘不真实，你说他女人偷汉子也好，说他是投机家也好，无论说什么都可以，实际上若他女人并不偷汉子，他并不是投机家，或如你所说的其他任何事情他都不是，那便决不是讽刺，是讽刺以外的辱骂、诬蔑和别的。

一九四三年三月

【选自田仲济著《夜间相》明天出版社一九四四年版】

夸 和 骗

到处听不见歌吟花月的声音了，代之而起的是铁和血的赞颂。然而倘以欺瞒的心，用欺瞒的嘴，则无论说A和O，或Y和Z，一样是虚假的。

——鲁迅

为什么欺瞒到完全是虚假的呢？为了掩饰和夸张；夸张的原因，也是为的掩饰。据说我们国度里最国粹的一种风格就是夸张，连修辞学上都有夸张格，"白发三千丈"，"君不见黄河之水天上来"，"小巧玲珑，善作掌上舞"，都成了古今传诵的名句。佐藤春夫曾批评我们这种情形说："纵令是普通一般的信札，自始至终都满载着夸张式的谀词。碰见了丧事，即使华居美食，但在死亡通知书上，大吹其牛地写着'席草枕块而昏迷'。假使拿匾额赠送给医生，则写着'技高岐伯'，'术高黄帝'，'着手成春'等的，虽是穷乡僻壤的小豆腐店，在正月里所挂的对联，老是写着'生意兴隆通四海，财源茂盛达三江'这样的法螺。总之，无论什么，都是阿谀、虚伪、夸张……"

虽然是讽刺了我们，话讲得实在不受听，可也无法辩驳，回头看看自己的情形，则连怒目熟指的火气也不能不消下去了。就是想死口不承认也是不成的，因为红纸的对联还贴在门上，"席草枕块""泣血稽颡"等字仍存在讣闻和哀启上。《儒林外史》上范举人为母守孝，连象牙筷子也不肯用，在吃饭时，却偷偷地在燕窝碗里拣了一个大虾圆子，送到嘴里。吃肉的事实明明摆着，有目共睹，其所以不用象牙筷子，是夸张孝道，掩饰秽行，也就实在无法抵赖了。

再随便到街上一看，一共只不过三个房间的小客店，招牌写着某某大旅社，不过是个瓜子小摊，竟称起瓜子大王来，修皮鞋的标榜皮鞋专家，摆着不到两斤笋豆，成了笋豆大王。全国都成了"大王""专家"了。近日更出了"葱油饼大王"，"牛肉汤专家"。

说者听者却均感不到稀奇，令人惊奇的是也没有感到这感不到稀奇为稀奇的。以"谦以待人，虚以接物"素著的国度里，竟有这种风习，且竟没有人以这风习为怪异，能说不怪吗？

然而这类夸张或吹嘘，无论是出于己手抑或他人，大半并没有什么计划，而且也很难欺瞒了人些什么。既摆着的不过是三间矮房子，两斤笋豆，三双破鞋，以什么"大"或"专"相标榜，不独难以使人相信，且恰恰成了对自己的一个讽刺。

因此，夸张得最成功的不能不推学者与文士们了，就这点论，是诚不愧为智识阶级的。这自然不是指那些"君有安石之才，右军之致"或"势如班马，气似欧苏"的当面的谀词而说的，而是指那些有计划有组织地夸赞或吹嘘。例如"七七"事变以前的时候，上海滩上就曾有一位文士假托朋友的信件，为自己的书籍大做广告。现在时兴的是约朋友作书评，组成行帮，胡吹瞎捧，其中且有野心家甚至企图推倒前行者，遏住后来者，以为这样就可唯我独尊，文章也就光芒万丈了。殊不知事实是并不尽然的。白药精一类的膏丹丸散的广告上经常登着一封封名人和非名人，患者和非患者的盛誉满纸的信，但为自己的书籍拉名人或朋友来信当广告恐怕只有使人齿冷。平常也只见说书姑娘约了熟客为自己捧场，写书的文人模仿此种行径恐怕只有被目为下流。文学史上从来没有用阴谋除去文学上的敌手，便成为文豪的人，也没有只靠吹捧就成为杰作的作品。何况假信倘被被托名者声明并无其事，不独落个枉费心机，且连盛誉也将变为秽誉；书评倘被读者看穿，便将不信书评，或厌读书评，也就再不发生丝毫效力。这都是弄巧成拙的事情，是凄惨的结局。

　　但一位朋友说，这风气是难以遏止的。因为自古已然，于今为烈。诸葛亮的成功就借助在先有人替他吹捧上。从司马徽的欲擒先纵，故为作态，到托名单福的徐元直的走马推荐。中间还布置了颍州石广元，汝南孟公威，博陵崔州平，以至连老丈人黄承彦也出来帮腔。于是把卧龙先生的身价抬得天高。不过在这里应当注意的是，诸葛亮并不是全凭了吹捧起家的，他还有他的才学。靠了吹捧，他出而为仕，得握政权。至于对付气焰逼人的关、张，应付艰巨的局势，则非吹捧所能济事了。从以后几十年中他的成就上，也可以断定这看法是不至于有什么错误的。若向近处说，以一九二八年前后我们文坛的情形来论，也是如此。那时好像唯一的批评家只有钱杏邨，唯一的作家只有蒋光慈，作家捧批评家，批评家捧作家，什么东方的歌童，中国唯一的普罗列塔利亚文学的写作者啊，不可一世。然推其究竟，他们的作品所以能风行一时，还是靠了他们主客观的许多原因的，并不是靠了吹捧。原因很简单，写文章究竟和卖瓜子、卖笋豆或修皮鞋不同。一本内容恶劣空洞无物的书尽可以欺瞒少数读者，全部读者是无法欺瞒的。即可以欺瞒一时，也无法欺瞒永久。专为吹捧而作的书评，只能欺骗读者一次，是不能屡次的。一本没有内容的作品，尽可以一时被捧得天高，不久便会被人们忘掉。反之，只要是真正有价值的作品，虽当时不为人注意，必会渐渐地被人认识，而且会有长久的寿命。所以作家们的精力，与其费在那些事情上，不如用在创作上更好些。创作是从没有赖欺瞒而成功而不朽的。这是值得我们警惕的。

一九四三年秋

【选自田仲济著《夜间相》明天出版社一九四四年版】

"打官话"

在理发的时候，老板半对着我半对着他的伙计们发起了牢骚。这理发室是设在机关里的，发牢骚的原因就在机关的负责人不准他加价。

"几次了，李先生不让涨价，我说不涨价请不着人。他问一个人多少钱，我对他讲外面每人每月都是二百四十元，我们只用一百八、二百，用面子硬拉来的。他说公务员才几十元，那不能涨。同我打官话！公务员才几十元又谁叫他干呢？嫌少，不干他可以走啊！又用着同我打官话！"

伙计中的一个说话了："你也不必为难，我们拆台走好了，反正到哪里也有事情做。"

一个理发工每月收入一百八、二百，还要走，在中国不但空前，简直有些骇人听闻了。当时我很想说几句话，但恐怕离开后也被骂为"打官话"，到了嘴边又咽下去了。后来一经注意，骇人听闻的事情又听到了两件，马上惭愧自己浅陋，以为骇人听闻者大半由于"少见多怪"。当时没说话是颇有见地的。

一位友人雇娘姨，找到了一个人，她先问男主人每月多少钱。听说只有一百五时她轻蔑地嘴唇撇了撇，"一百五？俺掌柜的拉车一月还一百五呢！"另外一件呢，是广东酒家的厨师是坐飞机来的，跑堂每月至少有一百六。

除了理发、拉车、菜馆以外，别业大约也都不甚坏。还记得四个月以前，曾问一个木匠一天多少钱，回答是"两块钱，没得少"。如今四个月过去了，大半很有涨到"三块钱，没得少"的可能。

但所谓"别业"也是有例外的，似如上面曾提到的称为公务员的仕便是其中之一。

几千年来，士的目的是"仕"，求仕的原因是"富"与"贵"。"仕优则仕"是不灭的定则；"书中自有黄金屋，书中自有美如玉"，已是妇孺皆知的话。这是说不但读好了书可以"富"和"贵"，连"美人"也有了。这种几千年传下来的思想，一直固结到现在。事实上也成了这样的社会：做官的既贵也必然富，一富，姬妾美女也就成群了。从小孩子的帽子上"长命富贵"四个字，说出了中国人生的总目标。

如今，这几千年来的平衡被打破了，贵不一定富，仕不是求富的路了，虽然仍是"劳心者""治人者"。这种平衡的打破使"升官"和"发财"

绝缘，未尝不是一种好现象，叫想发财的另寻别路。剩下"升官"的是只想给社会人群做点事情的。但怕的是"官"这时会兼"商"，利用自己职位的便利，做出比商人更赚利的买卖，也就更贻害了社会和人群。这种人就是所说的"在机关任要职，兼营企业者"。更怕的是，现在是这么畸形地发展，工厂中的工人，种地的农人，共占全国人口百分之九十以上的人数却都属于例外的"别业"中。所以李先生不让涨价，在他固然是为的"维持本阶级的利益"，就大处说，却也实在不是为理发室老板所说的"打官话"，就算是官话，也是值得研究的一句官话吧！

一九四四年
【选自田仲济著《夜间相》明天出版社一九四四年版】

螟蛉

　　自己无子，以异姓之子为子，称为"螟蛉"。《诗经》上的"螟蛉有子，蜾蠃负之"是多么有韵味的诗句，里面是藏着多么美丽的一段故事！鲁迅先生在一篇文章里曾记下这段故事：铁黑色的细腰蜂在桑树间往来飞行，有时衔一只小青虫，有时拉一个蜘蛛。老前辈说，那细腰蜂就是书上所说的蜾蠃，纯雌无雄，必须捉螟蛉去做继子的。它将小青虫封在窠里，自己在外面日日夜夜敲打着，祝道"像我像我"。经过若干日，那青虫也就成了细腰蜂了，青虫就是《诗经》上的螟蛉。女子在社会上虽被卑视，处女却是历来如珠宝古玩似的，被珍重的，大约是不同男子接触格外洁净的原因。贾宝玉就很拥护这种论点。纯雌无雄的细腰蜂也就因此分外值得同情了。故歌之咏之，连人间领一个异姓子也学称螟蛉。

　　细腰蜂虽受尊敬，但自己的命运是可哀的。强拉了螟蛉的女儿当女儿，就算形状"像我"了，血管里的血毕竟是螟蛉的，和尼姑收徒弟一样，无论称"师徒"也罢，"父子"也罢，除了一个光头，一领道服而外，和自己何尝有什么相似处！在血缘关系重于一切的中国社会里，这确乎是值得悲哀的。满清就是很好的一个例子，据说乾隆就是个螟蛉之子，他一登基，清朝几百年的大业就轻轻地完了。

但经过法国大昆虫学家发勃耳仔细地观察之后，细腰蜂并不是命运悲哀婀婀娜娜的女性，拉了螟蛉之子来当女儿的，而是一种很残忍的凶手，捕了青虫做食品。在鲁迅先生同一篇文章里就记着：那小青虫被拉到窠里封起来是不错，可不是祝它变得"像我"，而是做它的子女的食料用的。小青虫被拉去之后，用毒针向它一螫，它便麻痹为不死不活状态，这才在它身上生下蜂卵，封入窠中。青虫因为不死不活，所以不动；但也因为不死不活，所以不烂，直到它的子女孵化出来的时候，这食料还和被捕当日一样的新鲜。这说法，我在一位研究昆虫的朋友那里更得到了证明，他并拿出了不死不活的被螫过的两只小青虫给我看。

这么一来，美丽的传说成了血淋淋的故事了，螟蛉之子不但当不成人家的子女，乱不成人家的血统，且被活活地硬拿着当了食料。自然，人间还不至如此，似如所提到的乾隆和尼姑之类都足证明，这大半由于人类文明，还不至于那么野蛮的缘故吧。

不过这文明是有限度的，至少日本军阀得除外：战争开始后日本在沦陷区劫掠了我们不少的儿童，初时传说是因为他们人口太少，都载回东京去了。这是拿着我们的孩子当螟蛉之子，也要和传说中的蜾蠃似的敲敲打打地使他们"像我"，等长大了再开回中国来打他们的父母兄弟。这已经够毒辣的了。可是事实如今知道了比这还残忍：亿万的儿童被掳，是为供给他们的输血工作。日阀如蜾蠃似的何尝日日夜夜敲打着祝道"像我像我"，而是将他们作为俘获的食料，作为他们伤兵的滋养，治养再来屠杀中国老百姓的刽子手的。

什么"人道""正义""国际公法"，在这类人群中和在蜾蠃界一样，是不存在的！就是"口诛笔伐"，或是辱骂，想用在这里，不是幼稚也是可怜，因为只有用行动来回答，口和笔都不够了。

一九四四年

【选自田仲济著《夜间相》明天出版社一九四四年版】

送灶日随笔

　　今天晚上是送灶日，我独自坐在菜油灯下，灯油已去了二分之一，夜已很深，大概各家的灶君都已陆续上天了吧。在这孤零零的郊外，实际如何也没法去调查，这想象还是就着所谓北国的故乡里的情形想的。

　　实际说起来，故乡里的灶君，大半今年上天的很少。因为风俗是，倘家里人口不齐，照例不送灶，恐怕这位言官对玉皇大帝把东家的人口报错了。说也奇怪，他竟会这么糊涂。更奇怪的是，不送，他也只好蹲在家里等着过年，自己就没法上天。大概如赶考的秀才，斧资缺乏，就只好穷困逆旅吧？今年故乡中人口齐的大半不多，灶君那就只好都闷在锅台上了。但我家里大约是可以除外的，母亲不赞成这"阴阳"，说不能因为有人不在家就不祭灶，每年照例地送灶、接灶。我家里的灶君该比别家的快活。单就我说，送灶日十七年都是在外边过的，倘照风俗办，恐怕灶君真要闷坏了。

送灶日少不得的有一种糖，我们那里叫合糖，是麦芽糖的一种，就是所说的"胶牙糖"了。送灶日街上卖这种糖的特别多，买来请灶君吃，意思是黏住他的牙，不准他学嘴拉舌，对玉皇大帝说坏话。我小时候在家里，就常秉承大人的意旨，将糖黏在灶君的嘴上。问母亲是什么意思，说是叫灶君吃得嘴里甜了，就忘记了坏事情，上天只讲好话。我想，这话是有几分骗我和灶君的，只叫他嘴里吃得甜，并用不到这类糖，如今专门用这种黏牙的东西，可见目的不仅在甜了。这里面软硬皆施，威迫利诱的成分全有。贪了贿赂，红口白牙的吃得满嘴里甜甜的，就不该再说人家的坏话；就是没良心，想说，牙被黏住，满嘴合糖，也含含糊糊说不清楚了。真是网张八面，一点漏子也没有。于是一年到头人们可以照例去做坏事，只到腊月二十三贿赂条合糖，就把事情挡过去了。不信，看看送灶日，哪一家不买合糖？可见都有点心亏了。

奇怪的是，在中国鬼神虽比人能，却常是比人傻，大概人用得着他时，他比人能，对付他时，他就比人傻，每次都是被人玩得住的。似如灶君，人不送他上天，他就只好蹲在家里，用糖硬黏住他的牙，他每年吃了亏，也直到现在没有醒悟过来。我想，这种能而傻型，对于人是最合适的，因为要用他，所以必须能，又得侍奉他，那就傻着一点好了。

对灶君还算客气，对于有些弱小的神灵，用的法子常是符水镇物，完全是强硬的办法压迫，连合糖也吃不到。对于厉害的鬼神，例如太岁瘟神之类，方法则又不同，是"敬而远之"，不敢完全用强硬的办法，也不敢软硬兼施，用的是哄哄骗骗，把他挡过去完事。所以实际上也说不到敬，因为虽觉着他厉害，有些地方可又欺他傻，不是骗就是哄，祭菜也不肯实在了，碗底下一定衬满白水煮的或竟是生的没油没盐的青菜。

在中国，处神的哲学和处世的哲学没有什么不同；神间和人间，事情也往往相等。记得小时候，随着大人到"送盘缠"的一个庙里去，门口的一副对联曾使我毛骨悚然。原文已记不得了，意思是，生前无论有多少钱，有多大势，到这里全无用了。我想，阴府里的官，都是铁面无私的吧。后来见书上也间或记着阴曹地府贪赃枉法的事，才悟到以前的想法不全对。然而书是人间的文人写的，阴阳不通，也不能十分相信。于是我留心研究，到今天所得的结果，神鬼对神鬼之一点避讳都没有的程度，较人对人尤甚。请醉饱一次，送他多少钱，堵住他的嘴，叫他不开口，或如对付灶君似的，另外再加上一种硬的方法做后盾,这人间是常有的,不过仍得偷偷背背,彼此心照不宣,不好大庭广众处讲。至于向官府送礼纳贿,更得秘密。总之,这类事是最忌讳说出的。对神却不然了,从来的办法就是供菜和焚香烛纸马两种。都可公开地办,公开地说,神们也好像从来不打清廉的招牌,来了就公开地接受。这真令人难以明白神间是怎样的一种社会。所以前几年有时感到现社会太黑暗,常羡慕阴间怎样清明,近来却又常常为死后担心了。赤条条地来,赤条条地去,走的时候自然一点东西不能带;小孩子既然年轻,一定不信神,不会接济我。在阴府一个钱没有,恐怕一天也难过下去。据哭死人念叨的话,得"拿钱买路",人间除了搭船坐车得买票,路还用不着买,只有敌伪势力下,听说有什么通行证,得拿钱买,小说中强盗劫路,要客人的买路钱,平常却没见这些麻烦。听那意思,阴间的路好像走多少就得买多少,那我真是寸步难行了。

　　不过神间仍有令人满意的地方,就是事情虽不怎样好,可公开地做,公开地说,一点隐讳没有,好像成了一种制度了,那大概也就不以为苦。不似人间,做了还得密着,吃亏的掉了牙只能往肚里咽。但我今天又细想了想,这个满意的地方也不一定有,不避讳的也只是人间对他的讲说,神间的讲说，就未必不避讳了，神间若讲说人间的贪污不法，不是同样没有去管的吗？

那么到底还是人间较好些了，不禁又为死后担心。

【选自田仲济著《发微集》重庆建中出版社一九四四年版】

茅房文学

密林里一个公共厕所，墙上有各种笔画的诗文："王班长做事不公平"，"打倒无耻张月嫫"……"张月嫫"三字已擦得模糊不清，底下写着"骂人无耻者自己无耻"。月×其人大概是女性，想不能到此，是她的同党所为无疑了：看样是在这里展开了一场"论战"。另外的一角有一首"豆腐干诗"：

身在外面心在家，
家中丢下一枝花。
我想花来花想我，
身边无钱难回家。

这是乡愁之作了，和杜工部那"今夜鄜州月，闺中只独看"是一个意味。但从文学观点来看，是"自我表现派"没有什么大意义，倒是前者，显出了舆论的不平，卫道者的忿忿，另一方面还有所谓情敌的反攻。

茅房文学在战前故都的学校里是非常盛行的，报纸的副刊上就时常论及或竟转录。而今随着故都的沦陷，已许久没有人提起了。在南国各校，不常听说有这种东西，我想，原因不在那园地不宜于耕耘，大概是壁报盛行之故。想自我表现的，已表现出了；心中的愤和想对现实的指摘，也发泄也指摘了，自然不用再局促到厕所中去创作。

　　大半人心中有什么意念，总想发表出来，所谓如鲠在喉吐而后快。若问为什么非如此不可，是连自己也不能回答的。发表不一定为的给别人看，借以取得别人的同情，倒常是仅为心中有什么想说。有冤屈的人，别人劝解都没有效力，非哭一场"松散松散"不可，痛哭后，果然松散了。我想，茅房文学也是这么产生的，有的是仅为了要发泄，例如前面的一首诗，有的不平之心没法表达，借以宣示或泄愤；如王班长不公平，大约是附近××分局里的人写的，若是能以公开的指摘他的不公平，则一定不采取这种手段。因不能够，就只能写在茅房墙上解解恨了。

　　人是很难沉默的，所谓诚于中则必形乎外，就是这个意思。不是曾有这么一个故事嘛：某国一位国王头上生了一只角，因为他不愿把这事泄露到外面，每次叫理发匠理发后就接着把他杀掉，有一个理发匠用巧妙的手段逃过了这厄运。自然，他对谁也不敢泄露了这事情，只把它藏在自己的心里，因此不久他就病了，医生说是因为心里闷着什么事情的缘故。当然他自己是最清楚这原因的，就远远地跑到一个无人的竹林里，放开喉咙对竹林反复地说"国王头上有个角"，讲了几百遍几千遍，心中果然畅快了，但那竹林从此每逢微风吹着，发出簌簌的声音，就好像是"国王头上有个角"。

竹林也不能沉默，这就是茅房文学产生的原因。

一九四四年

【选自田仲济著《发微集》重庆建中出版社一九四四年版】

面子与实际

据说老舍先生最近作了一本《面子问题》，我没有读过，不知内容是些什么。却只觉这面子问题确乎是一个很重要的问题：骂人时常骂"不要脸"；说话时常听到"人情大于王法"；一件事情碰了钉子，说是"没面子"；一个人对某人好，说是"面子足"；我家乡中就有"三张毛头纸画一个鼻子"，说人好大脸的一句巧话。

都愿意面子上有光彩，不愿意没面子，于是乎有些人好像只为面子而生，只为面子而死，楚霸王的自刎乌江，不过仅是为的"无面目见江东父老"，林冲火并了白衣秀士王伦，不愿自己坐第一把交椅，推辞的话是怕天下人嗤笑。夏侯渊在定军山下被黄汉升连肩带背砍为两段的原因，是怕他人建了功劳，没面目去见魏王，不肯坚守，恃勇出战。

重面子的结果，自然就轻了实际，处处顾及面子，事事就损伤实际。人情大于王法，既然人情大了，王法就小，为了人情可以牺牲王法，王法的尊严敌不过人情的魔力。人人愿意面子足，不喜欢没面子，自然事事就迁就面子，就不再允中，也就离开了公正。"无面目见江东父老"，拔剑自刎。死了并不是有面目了，乃是江东父老可以不见了。这是把面子看得重于生命，没有面子，宁愿死去。夏侯渊的出战黄汉升也是这种心理。那么，反过来一说呢？只要面子下得去，实际怎么样是可以不管的，孔乙己的"又破又脏，似乎十多年没有补，也没有洗"的长衫，可是抵死不脱去，为什么？要维持读书人的面子。这面子，满头癞疮疤阿Q都看重得不得了。他头上有癞疮疤，为了要面子讳说"癞"以及一切近于"癞"的音，后来推而广之，"光"也讳，"亮"也讳，再后来连"灯""烛"都讳了。也是为了面子有光彩。他抚摸静修庵里小尼姑的头皮，扭她的面颊，引得一些赏鉴家大笑。他看见自己的勋业得了赏识，得意地哈哈地笑。

面子引申开就成了阿Q的精神胜利。"被人揪住黄辫子，在壁上碰了四五个响头，闲人这才心满意足地得胜地走了。阿Q这一刻，心里想，'我总算被儿子打了，现在的世界，真不像样……'于是也就心满意足的得胜的走了。"既然打他的是自己的儿子，虽然挨了打，仍不失为老子，自己所得并不比打人的少，于是心里很下得去。

　　"不过是秦始皇的三千童男童女，如今来打他们的老子了。"暗黄色的面皮上镶着紫嘴唇，露着黄的牙齿，得意地笑了。这不是活像阿Q的口吻吗？

　　叔侄国，兄弟国，岁赠银多少，可不是贡，面子上下得去，实际上吃点亏是没有多大关系的。此种作风盖由来已久，虽一大块土地失掉，只要名义上还是我们的，那又有什么关系呢？不见仍然是什么特会什么特区的？倒是在洋主子卵巢下兴起不少新贵。

　　然而那全是无耻之类，不是四万万皇帝的儿女。真正的皇帝子孙他们是要面子，也要实际，没有实际并不稀罕空面子，在全国各地已用赤血写出这决心了。

　　【选自田仲济著《发微集》重庆建中出版社一九四四年版】

名 与 实

　　稍为留心，便可看出实在有好多地方"名"和"实"不相符。

　　虽然我们的耳朵被古往今来的"正名"，"名实相符"等声音聒聋，可"名"仍未见全正，"名""实"也仍未见全符。大概唯因其不正，才终日吵着正；不符，才终日吵着符吧。

　　我觉得，问题实在尚不在此。虽然"名正"才能"言顺"，只求正名，不顾实际，名正了，言却仍未必顺。历代权臣的"挟天子以令诸侯"，便是只求正名的极致。近代的称总统官吏为公仆也可以归在这一类中，挟天子以令诸侯，名何尝不正，然而言能顺吗？总统以及官吏是民众的公仆，是役与人的，名何尝不好听，但远的外国不必说，自民国以来，从袁世凯直到曹锟，哪一个公仆听人民指挥，哪一个县吏佐贰不可以无理由地打得老百姓口喊大老爷饶命？仆是都说是仆了，黔首全变成了主人，然而是奴欺主的悍仆啊！

　　从此看来，名称实在并不是怎样重要的东西，事情还是从实际来着手好些。把老虎硬称为绵羊，名字是平和得多了，但它并不能因此不吃人，也许时间一久，人们一听到说绵羊也就害怕了。可见名字并改不了实际，而只在名字上玩花头，实在是最无聊的一件事情，改了名字，不过仅是改了名字，至多是改了招牌，与其他事情是没有一点关系的。常听说"换汤不换药"一句话，意思是说事情的实际并没有什么改变。若只在名字上掉花样，可以说连汤也没有换。我们想想，从清代的都督到北洋政府的督军、督办，曾有什么区别？初时好像名称不如以前的显赫了，然而它渐渐会随着日月又响亮起来。所以只正名，结果是连名也正不了，如老虎改名为"绵羊"一名似的，也会变成一个怕人的名字。

小焉者如夫役，工役，工人，近日改为工友了，机关中，学校里，常听到这样的呼叫。然而那声调实在和这字眼不调和。我想，被叫者是一定也不会感到内中含有什么温意的。和这同样的，先生称小学生也改成"小朋友"了。我住处的邻居是一个保育院，常隔着篱笆墙看到先生们在教一群小儿童，就是这么称呼他们。可是声音和字眼极不调和。因为常是怒目戟指地叫，一只铁腕常在一排西瓜样的头颅上，来回地敲，有时也许扯着耳朵向下坠，也许提出几个来跪在地上：直像审判官前的一群囚犯，也像贪狼嘴边的一群小羊，又哪里是先生与学生，更不用说什么"小朋友"的话了。

　　所以我说，改名称固然没有什么不可以，但只在名字上掉花头实在最无聊，倒是"实至名归"一句话还说得有道理。

　　【选自田仲济著《发微集》重庆建中出版社一九四四年版】

狗

  常见人打狗骂狗，好像狗周身完全是卑污的性格，一点可取之处都没有。事实究竟是不是如此，我不知道，也不预备去研究。在此处更不想引义犬一类的故事，或"狗是君子，猫是小人"一类的话，来为狗仗义执言。只是因为所见便有所感，于是随便说两句，所感的是什么呢？一句话，狗有狗的痛苦，是并没有什么大道理的。

  同院住的一家人养着两只狗，见了服装华丽的人就小叫，见了衣着褴褛的人就狂吠，充分地显出它们的势利眼。客人来到，主人照例拿出一条竹竿打狗。叱责，追打，狗被赶得各处躲逃，然仍绕着圈子向客人身上扑，不断地吠叫。狗在此种情形下，使人替它感到确乎很没趣。记得曾有人论这事情，以颇为讽刺的口吻说："实际上，狗比它的主人常常更凶恶。但当它正在吠得带劲的时候，主人出来，把它赶到一旁，而让它狂吠的客人作为上宾，狗心里该感到既没趣又悲伤罢。"

如今，我却不如此感觉。狗的行为完全为狗的职务所规定，讨没趣或悲伤好像也是注定的事情了。它心中或许也因此感到痛苦，但它既生而为狗，是没有办法挽救的了。就所见到的情形推测主人的心理，他是宁愿代客人执打狗之劳，却不愿狗见客人不吠。狗见了客人不吠，便是怠工，不尽职守，在主人的眼中是废物的。同院的两只狗如今就受着这种致命的批评。因为院里又搬来了一家，来往的人越发多了。生人多得大概感到吠不胜吠了吧，狗变得丝毫不管人间事，连睬也不睬了。就是间或吠几声，也有气无力，好似应付功令，不怎样认真。于是狗主人懒得每天去喂它了。理由是，废物，养着没有用。本来狗的天职是守门，倘见了生人不理不睬，任其出入，那不失掉了它存在的意义了吗？

在主人的心目中，自然客人的等级分若干种的，有的愿意狗一口也不吠，唯恐他被惊吓着；有的愿意狗小吠，自己好有机会叱骂，赶打，以显得对客人的殷勤，这时狗最好一招呼即不再叫了；有的似如乞丐或债主之类，主人极厌恶的人，面子上又不能不替他打狗，本意是喜欢越吠得凶越好。但非万物之灵的狗难以明白藏在万物之灵的它的主人的内心里的意思，更难以弄明白他和别人的社会关系，因此，在尽它的职守时就颇为困难了。怎样才能适得其可，合乎主人的心意呢？没有办法，不说察言观色不是普通狗所能轻易办到的，从主人的举动上也实在难以推测出他是真心或者假意。

那么不吠既然不成，就只有见生人狂吠的一法可行了。所以我觉如今狗的行径是集若干年的经验而来的，实在再没有其他的办法。它有它非如此做不可的困难，也有它非如此做不可的苦衷。责任不在它身上，是应由它主人来负的。

讥狗凶于主人或专讨没趣是它的恶点的，实在过分了，因为主人训练它如此，它不能不如此，为了生活它将来仍如此下去。没趣它是晓得，然而它不能不继续赚没趣，这就是生而为狗的苦处。想不受这苦或者只有祈祷来生不再做狗的一途吧。

【选自田仲济著《发微集》重庆建中出版社一九四四年版】

温室的花草

在过去一篇文章里曾提到过某国王见到一群饥民奇怪他们为什么不吃肉的话。故事自己已记不清从什么地方看到的了，却总觉得实际上不会有这种事。今天读陈登原作的《历史重演》，才知道自己这次粗心，又非立刻喝起一杯罚酒来不可。不用向远处什么国度里去找，《晋书·惠帝纪》里就写着"天下荒乱，百姓饿死。帝曰：何不食肉糜"的话。

这事情好像在小学里就听到历史先生说过，不知怎的，如今忘得干干净净了，直到再说起来，才模糊地重浮起过去的印象。

在同一书上还搜集了四个故事，作为重演的例子：

第一是《世说新语·尤悔》中的："简文见田稻不识，问是何草，左右答是稻。简文还，三日不出。云：宁有赖其本，而不识其末者。"

第二是李慈铭《越缦堂日记补》中的："汉朱穆好学，几不知马有几足。蔡京尝问诸孙，米何出？或曰：出臼中。或曰：出席中。"梁绍壬《两般秋雨庵随笔》中则这么说："晋惠帝见岁歉民饥，谓左右曰：何不食肉糜。辽主见道上饿莩，谓左右曰：何不食干腊。千古庸暗，如出一辙。宋蔡京诸孙，生长膏粱不知稼穑。一日，京戏问之曰：汝曹日啖米，试问米从何出？一人曰：从臼子里出。京大笑。一人曰：不然，我见从席子里出。盖京师运米，以席囊盛之也。"

第三是朱克敬的《瞑庵杂识》卷三中说："明武宗尝微行，至内阁，公卿方会食。帝从容问曰：卿等知食所从来乎？朕居东宫时颇贱五谷；谓自生长，若阶草然。后巡行田野，乃知稼穑艰难。因询诸臣南北耕获事，独尚书某，噤不能对。"

第四是章炳麟的《太炎文别录》卷一中《中华民国解》中说："世传修伪高宗南巡时，见田间插稻者，问是何草。"

此外，顾元庆《文房小说》中有一卷题苏轼撰《艾子杂说》："齐有富人，家累千金。其父又不甚教之。一日艾子谓其父曰：君之子虽美，而不通事务，他日何能克其家？其父怒曰：吾之子敏而且多能，岂有不识世务耶？艾子曰：不须试之，君但问君之子，所食之米，从何来？若知之，吾当妄言之罪。其子嘻然笑曰：吾岂不知此也，每以布囊取来。"

关于晋惠帝和蔡京诸孙的故事，《晋书》中的《越缦堂日记补》和《两般秋雨庵随笔》虽各有详略，但大致是相同的。试看，事情本来想不到的，却偏偏实际上会有，那么"生长膏粱"的环境，培养出这群聪明的傻子，实在也算不了什么怪事。环境的限制人是可怕的，温室里的花草必不能经受风雨的摧折。

我以前之以为不会真有这类事情，真是太少见多怪了。因为这全是温室中的花草，所见的既只限于"臼"，只限于"席"，不说臼席又说什么呢？所以齐富人之子，不但说，而且"嘻然"，意思是自己"知之稔矣"，从"吾岂不知此也"的语味中就可以意会出。及至说出来呢，却是和臼席不相上下的"布囊"。

蔡京对诸孙的态度是"大笑"，简文的态度是"三日不出"，深愤自己"赖其本，而不识其末"。李慈铭说："汉朱穆好学，几不知马有几足。"好似倘好学而不知马有几足，并不足为学者的诟病。大笑的对不对姑且勿论，简文的态度严肃是值得同情的，但办法却不足为训。就是诚心自恨自励，埋首宫中，三天不出，结果不还是一样吗？至于李慈铭的主张，以为不足为学者的诟病，更是迂儒之见，如今已不需要那样的学者了。

如今是一个大时代，谁不适于这时代谁便不能存在，在温室里培养大的花草经不起室外的狂风暴雨，仅仅在家庭和学校里转大的青年，也必不能浮泅在时代的大潮里。

时代不同，一切也必然都变得不同了。

【选自田仲济著《发微集》重庆建中出版社一九四四年版】

"肉食者"论

一　　鄙

为什么"肉食者鄙"呢？其中是有原因的。

如今我做了肉食者群中的一个了，虽然是最小的一个，而且实际上还不止"三月不知肉味"，名义可总算肉食者了。

肉食者的现代化是"公务员"，从大官大吏到州县佐贰，都算在里边。这一群中，有每日肉食外，还有飞鱼飞蟹和美国橘子的，也有经年肉味尝不到的：其鄙则一。

为什么鄙呢？我们看看公务员的生活吧。

早上七点钟到晚上五点钟，每天八小时，办公，办公。也许忙得头昏眼花，腰酸背痛，也许坐一整天什么事没有，然而疲倦是相同的。没有公办也得坐着，既不能随便离开也不能做非"公"的事项。连写封信、读报纸也是非法的，余下的就只能呆看着分针和时针的移动了。这种工作并不怎样轻快，同样地会使人疲乏。所以晚上下班，几乎可以说每个人都如出了气的皮球似的，一点气力也没有了。不说宿舍几个人挤在一间鸽笼里，守着半明不灭的一盏菜油灯，不是做事的环境，人也实在没有精力了。

无论谁，一天的疲劳是需要恢复的。因此，有的聚到一起聊天，或是拉拉唱唱，或是看看电影，甚是打牌，宿娼……以前我不明白他们所以过这种生活的原因，如今深深地理解到了。他们需要娱乐，需要恢复一天的疲劳，需要刺激。除了他们现在找到的以外，好像还没有更好的方法。这么做，固然不对，但既然没有更对的，那末这不对也该原谅了。由以前的深恶痛绝，我变成了这样的心情。

不说"华威先生"及"陈国瑞先生"一群，更下的一般公务人员全是如此，甚而连报纸都不看，久而久之，自然成了不知秦汉，遑论魏晋的隐民，连目前国内外的情形也茫然了。俟后群聚而谈的，将是上焉者某张片子好，某名伶唱的要得，下焉者某牌没和下来怎样可惜，某家的姑娘怎样漂亮。学问，知识……又怎能提到进益？又怎能不鄙或者不肤浅？

自然，求上进是人同此心，心同此理，不过肉食者发展的方向不同了，他们斤斤的是晋级，是加俸，不求本身充实，只想爬高一步。一比起别的国度的连一个工人也可以被训练被教育成工程师、厂长；许多政治机构中的负责人，好多是从下级的工作人员提拔出来的，真是不可同日而语了。

政治的进步和落后，关键就在这里吧？

二　苦

"肉食者苦！"又是怎样个说法呢？

某大报上有这么一样标题，我看后着实莫解。肉食者苦从何来呢？细看内容才明白了。原来是说肉价高涨，黑市五元多一斤还供不应求，肉食者买不到肉，于是苦了。

把一段消息读完，心中不禁嗒然若有所失，好像受了欺骗的滋味，老感觉不舒服。因为初看了标题，疑惑要报道肉食者的仕当前的苦况，据说他们确乎早已苦不堪言了。不料仅是这么一回事，于是心中不满足，感到被编辑先生侮弄了一次。这里的"肉食者"原是指的食肉者。不知今之食肉者已非古之肉食者。肉食者早已不食肉了。试看"罗绮饕餮者，全是多金大腹人"，他们又有何苦呢？然而编辑先生张大其词曰"苦"。这使我联想起了类似的专好张大其词的几件事情：上海滩的小报贩常拿着四开的小报，或竟是隔年的，夸大地喊卖，似如"马占山打到黑龙江""张伯伦飞莫斯科"之类的话都会喊出来。买来一看，消息是有那么一个，可和喊叫的完全不同。然而卖的卖了，买的买了，却从未听到因此起什么争执。因为出于无知的报贩之口，是不足怪的。他的动机不过是想从买主手中赚到几枚铜元，别无用意。可是如今编辑先生又是为了什么呢？也是上海滩，还有两种人：一种是告地状的，或中文或英文，字体照例写得非常端整，遭的境遇全是极度可怜，其实却不过是一种骗人怜悯的骗局。再一种是卖春宫画和野鸡的牵头，"阿要春宫"，"西洋顶呱呱的春宫"，"有好姑娘"，"苏州的年轻好姑娘，刚刚到"。你若信他的话随去一看，定会看到一些恶劣不堪的春宫，那姑娘也许是妖怪似的半老徐娘。然而对这些也没有怪异的。原因是他们是这类人，靠这类手段为生。不过，新闻的编辑先生，尤其是一个大报的编辑，实在用不着采取这类手段了。

因此我怀疑，怀疑这位编辑是何所居心，并何所出身。

说这类事情值不得这么大惊小怪吗？那么就该任他下去了。但这类事情之所以存在着，就因

为都不大惊小怪的缘故，从报贩的乱喊直到瘪三
的卖春宫都是如此。

　　【选自田仲济著《发微集》重庆建中出版社一九
四四年版】

"溢　辞"

　　常见有的作者，从旧书里，字篓里，空屋子里，或其他什么地方，发现别人的日记或情书或是什么秘密文件，于是附上几句话发表出来，自己不费吹灰之力而名利双收。并不是自己粗心，倒是从没放过每个机会，但总没曾发现上项别人常发现的任何文件，莫非连这类事情也是命里注定的吗？

　　如今好了，未得其上，可求得了其中，没被人发现的东西，我也没有发现，已排成铅字的书却找到了可以抄录的地方。就当一次"文抄公"，转录一下，以聊胜于无罢。

　　历史照例是为一群帮忙和帮闲们搅得黑白混淆。当面勒索，公开受贿，以"为尊公作佳传"为要挟的陈寿是人人皆知的了。此外，所谓"信史"到底有多少事情可信，是谁也不敢断言的。这类不信的信史，陈登原在《历史之重演》上统名之曰"溢辞"，并引《朱子语类》上的话来解释说，溢辞也就是溢言："春秋时，甚杀，甚者若相骂。然长平坑杀四十万人，史过言，不足信。败则有之，若谓之尽坑四十万人，将几多所在？又赵卒都是百战之士，岂有四十万人肯束手就死？决不足信。又谓秦十五年不敢出兵窥山东之类，何尝有此等事？皆史之溢言耳。"

接着，他把史上的溢辞或溢言分了八类，第一类是"开国多圣主"，例如《史记》上汉高仁而爱人；《汉书》上光武勤劳不怠；《晋书》写晋武帝是"聪明神武超世之材"，《隋书》上记隋文帝是"龙德在田，奇表见异"；《旧唐书》上的唐高是"豁达任性真率宽仁"；《宋史》对宋太祖记的是"容貌雄伟，气度豁如"；《元史》上的元祖是"最长最贤"；《明史》和《清史稿》上的明太祖清太祖更成了神人，明太祖是"天授智勇，统一方夏，纬武经文，为汉唐宋诸君所未及"，清太祖是"仪表雄伟，意志阔大，沉几内蕴，发声若钟，睹记不忘，延揽大度"。开国的君主都真是如此吗？即便赵翼所考定的明太祖"有盗贼之性"不足信，而扬州十日嘉定屠城，各地方的土地一度做剥皮堂用的事情该不至完全不确吧？

和这正相反的是"亡国多荒君"。刘禅陈后主最著称的了；《蜀志》上的刘禅既愚暗又荒淫地乐不思蜀；《陈书》的陈后主则"生深宫之中，长妇人之手。既属邦国殄瘁，不知稼穑艰难"。王铚在

《默记》中写南唐李后主是"宫中木合，每至夜则悬大宝珠，光照一室，有如日中，观此则李氏之豪侈可知"。《明史·五行志》记张士诚诗妖："张士诚弟伪丞相士信及黄敬夫蔡彦文叶德新用事。时有十七字谣云：丞相做事业，专靠黄蔡叶，一朝西风起，干鳖。未几苏州平，士信及三人皆被诛。"钱谦益在《列朝诗集小传》中曾力辨张士诚"思贤若渴"，是一个贤主。杨衒之《洛阳伽蓝记》记赵逸的话说："自永嘉以来，二百余年，建国称王者十有六君。皆游其都邑，目见其事。国灭之后，观其史书，皆非实录，莫不推过于人，引善自向。"开国多圣主，亡国多荒君，原因是帮闲们先旨承意在里面捣鬼是显然的了。

其次是夸张名人的记忆力：《汉书·张安世传》"尝亡书三箧，诏问莫能知，惟安世识之，后购求得书，以相校，无所遗失"。《后汉书·延笃传》"受左氏传，旬日能讽诵之"。《荀悦传》"家贫无书，每之人间，所见篇牍，一览多能诵记"。《吴志·谢夫人传》注，"弟承，博学洽闻，尝所知见，终身不忘"。范书《祢衡传》，"吾虽一览，犹能识之"。《蜀志》记张松事，"以公（曹操）所撰兵书示松；松宴饮之间，一看便暗诵"。《南史》上记南朝的聪敏人物，如萧惠开"明识过人，尝遇沙门三千，一阅其名，退无所失"。到沈

163

"五岁时，父撝于屏风抄古诗，沉请教读一遍，便能讽诵"。昭明太子"三岁受《孝经》《论语》，五岁遍读五经，悉能讽诵"。刘览"性聪敏，尚书令史七百人，一见并记名姓"。吴喜"写起居注，所写既毕，暗诵略皆上口"。陆倕"尝借人《汉书》，失《五行志》四卷，乃暗写还之，略无遗脱"。萧励"尤好《东观汉记》，略皆诵忆。刘显执卷策励，酬答如流，乃至卷数行次亦不差"。沈洙"精识强记，五经章句，诸子史书，问无不答"。史书上这类例子多得举不胜举，不再转录下去了。

凡属名人都有绝强的记忆，不但五行十行俱下，而且过目终身不忘；五岁能诗，七岁能文，更见出从小就是不同的种子。也许是所谓鹪鸟不知天高，溪鱼难测海大，记得小时不揣冒昧，曾有一个时期做名人梦，自然，很快地就幻灭了。至于为什么幻灭已不清楚了，或者就是为了这个原因，感到龙生龙，凤生凤，自己生来就不成，而甘听命于天了吧？当然现在是不如此想了，因为时间使我明白了许多道理：名人之所以能成为名人，并不专靠禀赋，此外还有许许多多的条件。而且这些与生俱来的聪敏的传说，并不可靠。《后汉书·蔡琰传》，"昔亡父赐书，四千余卷。今所忆诵，才四百余篇"。《魏书·王肃传》注，"读书百遍，其义自见"。柳宗元与许孟容书，

"自以不至砥滞，今且顽然，无复省录。读古人一传，数纸后则再三仲卷。复观姓氏，旋复废失"。杨慎《丹铅总录》"尝有人问于苏文忠曰：公之博洽，可学乎？曰：吾尝读《汉书》，盖数遍而始尽之"。秦观《淮海集·精骑集序》"予少时读书，一见辄能诵，暗疏之亦不甚失。然因此自放，尝从滑稽饮酒者流。旬朔之间，把卷无几日。故虽有强记之力，而常废于不勤。比数年来，颇欲发奋，自惩自艾。而聪敏衰耗，殆不如前此十之一。每阅一事，必寻绎数四，掩卷茫然，辄复不省。故虽有勤劳之苦，而常苦于善忘"。《朱子文集·答陈明仲》"示喻读书遗忘，此士友之通患，无药可医"。《朱子语类》"杨志之患读书无记性，须读三五遍，方记得而后又忘了"。《先正事略·阎若璩传》"先生幼口吃，性颇钝。读书千百遍，不能熟"。李慈铭《越缦堂日记补》："夜读《晋书》刘琨传，祖逖传，余于今春三月间，读《晋书》列传，略皆上口。而今又邈如隔世矣，健忘若此，可叹也！"王壬秋《湘绮楼日记》，"检节烈表始毕。此表七八次矣。若记览过人，当已熟诵。而予犹梦然，殊足自愧"。

由于这些事实，真相不是已显露出一些来了吗？史书上所谓名人的聪敏和自传与衷启上并差不多，过目不忘，掩卷辄忆，五岁能诗，七岁能文，并不十分可靠。

还有的是诗文可以退鬼怪，可以驱凶兽。《南史·徐份传》："徐陵尝疾笃，其子份烧香涕泣，跪诵孝经，日夜不息。如是者三日，陵疾豁然而愈。"《西清诗话》："子美自负其诗，郑虔妻病疟，过之，云：'当诵吾诗，疟鬼自避。初吟日月低秦树，乾坤绕汉宫。'不愈，则诵'子章髑髅血模糊，手提掷还崔大夫'。又不愈，则诵'虬髯如太宗，色映塞外青'。又不愈，则卢扁无如何矣。"何光远《鉴戒录》："施肩吾及第游南楚，楚多山魈，俗号圣者。是时亦馆谷，施君当风一咏，于是绝迹。诗曰：山魈本是伍家奴！何事竟为'圣者'呼。小鬼不须乖去就，国士才子号肩吾。"《韩愈传》："初，愈至潮州，问民疾苦。皆曰：恶溪有鳄鱼，食民畜产且尽，民以是穷。愈自往观之，令其属秦济，以一羊一猪，投溪中而祝之曰：……祝之曰，暴风震雷，起溪中。数日，水尽涸，西徙六十里，自是潮无鳄鱼患。"更有官史恩德可以感禽兽的故事。《南史·杜慧度传》："每出猎，猛兽伏，不敢起。"《张昺传》："有寡妇止一子，为虎所噬，诉于昺。昺于妇期五日，及斋戒告城隍神。及期，二虎伏廷下。昺叱曰：孰伤吾民？于法当死，无罪者去！一虎起，敛尾去，一虎伏不动，昺射杀之。"由此再推而延之，则成了现在的新旧约圣经可以避枪弹，符箓可以却鬼神，吞符念咒，红枪会刀枪不能近身了，可是又有谁去相信？而且《朱子文集·与周丞相书》："熹负罪以来，捧头鼠窜。修涂酷暑，不可禁当。连日行衢信建宁之境，又闻猛兽白日群行，道旁居民，多为所食，哭泣相闻，无所赴诉。"《孟子·滕文公》："周公相武王，诛纣伐奄，驱飞廉于海隅而戮之。驱虎豹犀象而远之，天下大悦。"《清史稿·曹孝先传》引清高宗的话说，"蝗害稼，惟实力捕治，此人事所可尽。若假文辞以期感格，如韩愈祭鳄鱼，鳄鱼远徙与否，究亦无稽"。这么看来，朱子周公的德还不足以格猛兽，韩愈祭鳄鱼，真如清高宗所云"远徙与否，究亦无稽"了。

人往往好危言耸听，说一件事情好夸张得近于神奇。马宗融先生在《他得永远存在着》中说："鲁迅先生慨乎言之曰：给名人作传的人，也大抵铺张其特点，李白怎样作诗，怎样耍颠，拿破仑怎样打仗，怎样不睡觉，是一定活不下去的，人之有时能耍颠和不睡觉，就因为倒是有时不耍颠和也睡觉的缘故。然而人们以为这些平凡的都是生活的渣滓，一看也不看。有些人作自我介绍的时候，总要说我如何忙，我如何读书，我如何与要人往来，或许因为不忙，不读书，与不'要'的人往来，太平凡了，只是生活的渣滓吧？倘若

只忙，忙得像拿破仑的不睡觉，只读书，读得像
拿破仑的不睡觉，只与‘要’人往来，往来得像
拿破仑的不睡觉，那还能活下去吗?”岂止作传或
自我介绍时如此，也岂止作哀启时如此!

【选自田仲济著《发微集》重庆建中出版社一九
四四年版】

谎 话 颂

　　除非你没有说过话，你便不能说你没有说过谎。

　　人人常说要披沥肝胆，表明心地的诚恳，真的肝胆也许确曾披沥出来过，但那里面是藏的什么意念，却从没有人会看见。

　　和爱人是最和谐了，但谁能没有毫厘的间隔？和知友是最坦白了，但总有一点不能倾吐。这人生隐藏的一面，有的只有永远掩遮着，直到自己把它带到坟墓中去；有的在此处必须掩藏，另外的地方还可以吐露。总之，不论是哪一种，当你不能对他吐露的人扣你的心扉时，那你能说的将是什么？

　　"爱情就是撒谎"，撒谎的岂止爱情？世界就是一个谎话的世界。Gourmontt 说"女人就是语言"，我看"人生就是撒谎"。他说："就是在静止的时候，妇女还是继续着说话……她的眼睛，加上嘴角上变幻的线纹，可以充分表达内心的思想。眼光的明、暗、高、低，表示着愿望、厌恶、愤怒、许可——识趣的男子可以充分体会出来。"试看，人生什么时候不撒谎？童年的时候，壮年的时候，老年的时候；无论做事，闲玩，吃饭，谈天，是无不夹有谎话的；无论对父母，对妻子，对儿女，对朋友，也没有不说谎话的；人生就是撒谎，世界是个谎话的世界；谎话，世界上是需要它的。也许没有它会和没有女人一样，也就没有世界，或世界会变成另一个样子。许多人为了谎话快乐地活着，许多人为了谎话舒适地死去；许多人为了谎话爱人如己，许多人为了谎话孜孜不息。上帝新造白玉楼，召我去作赋落成，这是谎话使死的快活地死去，活的高兴地活着的古例。

固然都在奖励诚实，但世界不能离开谎话，没有谎话便没有世界。提倡要诚实不说谎话的人，他自己就当是撒谎，就终年在谎话中过日子。科教书教人不要撒谎，它本身就是一个谎。

所以谎话是伟大的，是美丽的，它使世界上多了许多生趣，它使人生减少了许多忧愁。

"谁没有罪，谁就可以拿石头打她。"耶稣对于一个该用石头打死的犯奸淫的妇人是这么说的。谁没有撒过谎，谁没有受到谎话的好处的，他就反对撒谎罢，我敢这么说。

谎话是伟大的，我颂谎话。

【选自田仲济著《发微集》重庆建中出版社一九四四年版】

女 人 篇

　　"马嵬坡下草青青，今日犹存妃子陵。题壁有诗皆抱恨，入祠无客不伤情。万里西巡君请去，何劳雨夜叹闻铃？杨贵妃梨花树下香魂散，陈元礼带领着军卒奉驾行。"这是普遍流行的京韵大鼓，也是人人皆知的女人祸国的故事。类似这种故事，历史上是不难随处找到的，因此自古女人为祸水。最出名的除了杨贵妃还有妲己、褒姒、西施、武后等。就是所谓"倾国倾城"，所谓"尤物"，还不是祸水的同义语？达夫先生说得好："白乐天的不重生男重生女一语，成为中国古今独绝的反语名诗，自孔子讥女子为难养以来，国破家亡，以及一切大小不幸的事件发生，就都推在女子的身上，唐人有'可怜玉体横陈夜，已报周师入晋阳'的绝句，因而弄得……"沿至现在，"一若风化之维持，全需女子负责者。花柳药房的广告，化女子为蛇身，舞场营业的东家，以女子为诱鸟"。

　　女人真是难养，真是祸水吗？"譬如吧，关

于杨妃，禄山之乱，以后的文人都撒着大谎，玄宗逍遥事外，倒说是许多坏事都由他。敢说'不闻夏殷衰，中自诛褒妲'的有几个？就是妲己、褒姒，也还不是一样的事？女人的替自己和男人伏罪，真是太长远了。"为什么"陛下一日万机"就可无罪，过错反担在身居深宫的弱女人身上呢？一首为女人鸣不平的诗真是骂得痛快：

> 君王城上竖降旗，
>
> 妾在深宫哪得知。
>
> 二十万人齐解甲，
>
> 更无一个是男儿！

自然我并不是说女人无疵可议，不过不主张她们代人受过，使真凶反逍遥法外，而且她们的疵并不在此。例如最近和朋友打了一次交道：

一位并不怎样怪的昆，接到了似乎有些怪的仲的信，说在家靠父母，出外靠兄嫂。靠什么呢？要我们给他介绍一个爱人，并且漂亮些的。

也许是"出外靠兄嫂"的话感动了他，为昆的就各处托人帮忙。

"漂亮的被坐汽车的捡去了，不漂亮的没有。"我拒绝了。

说被坐汽车的捡去是侮辱吗？和男人千方百计地想坐汽车一样，虽然是疵，是污点却是事实。看看汽车里的比人力车里的漂亮，就知道这并不是无稽之谈了。

女学生给军阀做姨太太的事已过时了，不必再提。倘不健忘，该还记得抗战前不久，某校的皇后嫁给了身兼她的校长的部长，还要了创闻的一笔"爱情保证金"。另外，某校的校花就做了某阔人的第三房姨太太，坐了汽车对旧日的同学夸耀。

这些心理是没法捉摸的。

某友人劝他未婚妻升学，反应是嘴一扭："要大学毕业的你另找去好了，我是不受那个罪的。"另一位友人的太太则相反地终日闹着要升学，但目的是为了烫发高跟鞋——她从乡间刚来，大概还未明白不升学也一样地可以这么装束起来。

试看，正在有人随在希特勒之后倡议把女子赶回厨房去的时候，这些女子却先自己跑回去了。更糟的是她们不回厨房，而只回闺房。

不过，女人的这种心理真没法捉摸吗？这是她们在男子面前不能抬头的缺点吗？也不对。若想想男人的行径，则她们的心理实在并没有奇特之处。男人为了自己的生活尤其为虚荣心所诱惑，为了利禄名位，出卖自己的人格，甚而灵魂，以及自己的妹妹，甚而拿了妻子做交易，不是常有的事吗？女人解决生活，在资本主义社会中，原除了职业外比男子多着一种结婚的方法。那么，为了生活，或者就是为了虚荣，甘心为人做姨太太，出卖的顶多不过是自己的肉体，还未到男子的程度，妨碍到别人身上去。比起男子来实在没有更可非议的地方。

自然我并不是说这种倾向无关紧要，"比起男子来实在没有更可非议的地方"，也并不是说没有可非议的地方。倒是在妇女解放运动中，感到这实在是一个不小的妨碍，这实在是可议的一个疵，不过这个疵并不是女人独具着，所以也不能因此称她们为祸水或什么。

【选自田仲济著《发微集》重庆建中出版社一九四四年版】

昏　淫

　　淫者必昏，昏者必淫，证之明末福王由崧君臣等益信。

　　由崧继位称帝，不顾河山残破，国家凋敝。只知搜括民财，太后至，"限三日内搜括万金，以给赏赐"。工部何应瑞、侍郎高倬苦于点金无术，恳祈崇俭，不听。继又选内员及宫女，致闾巷骚然，大臣疏谏，仍不听。时"清兵循徐海，下亳泗，乘势渡淮，如入无人之境"，而由崧仍"惟以选淑女为怀"。侍监见他终天忽忽不乐，以为是怀念先帝，岂知他慊慊于怀的是为的六宫无佳色。清师已薄京师，由崧仍以演戏不视朝，集梨园入内，与群小杂坐酣饮，临跑前仍要看完一出戏，昏淫至此，叹观止矣！"万事不如杯在手，人生几见月当头。"可惜到末了，由崧终不能携杯以逃。假使携杯而逃，又能饮什么醇醪？

　　为君者这样，为臣者自难清廉，以清廉耿介之士，势必难容，故诌胁者多，抗颜者少，"文臣弄权，只知作恶纳贿，武臣要兵，惟思假威跋扈"。史可法虽行不张伞，食不重菜，睡不解带，日夜思报过仇，但被斥驻扬州，朝内唯马士英一人当政，卖官鬻爵，横征暴敛，"扫尽江南钱，填塞马家口"，盖实录也。

武昌守将左良玉痛马氏祸国，起兵东下，时清军已取归德，通淮南，士英宁撤三镇兵以御左良玉，《南明野史》记其事云：

十九日召封。马士英力请亟御左良玉。大理卿姚思孝，尚宝卿李志椿，工科吴希哲等，俱请备淮扬。帝谕士英曰："左良玉虽不该兴兵以逼南京，然看他本上意思，原不曾反叛。如今该存淮扬，不可撤江防兵。"士英厉声指诸臣对曰："此皆良玉死党，为游说。其言不可听，臣已调得功、良佐渡江矣，宁可君臣皆死于清，不可死于左良玉手。"瞋目大呼曰："有异议者，当斩。"帝默然。

士英不独勇于私斗，"且以长江天堑，敌不足虑"，戆态不亦可掬？君相如此，赖以御敌之武将，昏淫之状均不稍让。四镇专为做官而来，抱"此处敌至，另到别处去"主义，其他如驻防京口之郑鸿逵，清师破扬州，沿江问渡，犹大宴军中，歌舞喧天。王得仁阵中娶妻，不知敌人之炮至："时清师围南昌，水遮陆截。而得仁方娶武都司女为继室，锦绮金宝筐筐万千以为币聘。亲迎之日，绣旆帷灯，香燎历乱，鼓乐前后，导从溢街巷。城外高台望见之，意以为饰降也。笙歌方暄，忽闻大声震天，火光数十道，拥黑云如大车轮，飞堕城中。哄言天崩，举国奔走。相蹈藉赴池井水死者无算。已而寂然，歌鼓复作。众稍息。后时得铅弹子于澹台祠东，称之其重八斤。盖城外炮核也。"

　　荒淫令人失惊，昏庸令人难信。最可怪者，前清末叶君臣之与欧美，如蹈明季覆辙，几使人疑历史果重演耳！

一九四六年十月十日

【选自田仲济著《田仲济杂文集》山东文艺出版社一九九一年版】

术　数

　　自古英雄造时势，英雄本身之命运为自己奋斗而成，尤不待言。其大不可解者，为自己创造命运之英雄十九迷信术数，自秦皇汉武之信仙方术士，以迄今日达官贵人之惑于扶乩拜忏，如出一辙。试观刘邦斩蛇起义，陈涉、吴广揭竿称王，以及黄巾张角之流，无不如此。连《水浒传》中一百单八好汉，亦言为天命所定。独目龙李自成不自惭形秽，称孤道寡，据云系术士宋献策之卦数，"十八孩子当主神器"，启其野心，遂真以为天命所归，非我莫属。叶名琛戒水师对英军应战，力言"过十五日可以无事"，致被俘身死，招"不战不和不守，不死不降不走；相臣度量，疆臣抱负，古之所无，今亦罕有"之讥，推其原亦不过为深信乃父志说乱语。

　　无聊中偶阅今人笔记，载袁世凯逸事一则，示袁亦为迷信命运者。据云，袁氏有瓷碗一只，视同拱璧，某日爱婢以进午点，失手坠地击碎，袁氏于假寐中惊醒，愠然色变，婢惊恐无似，伏地请罪。顾婢殊慧黠，细语曰："婢罪固当死，亦以惊恐不能自持故。盖入门后见卧床上者非主公，为一巨大乱龙，是以惊慌万分，宝碗失手坠地。及闻叱责声，则主公已起坐床上矣。"袁氏闻言颜顿霁，戒婢曰："碗碎无伤，所见慎勿为外人言！"盖以己身既为乱龙化身，定为真命天子，时满清尚未逊位，设为所悉，党获族灭之罪。据云袁氏之制宪潜帝位，早已伏机于此矣。

谓一时叱咤风云之人物，其行径竟为术数所影响，似颇难令人置信。殊不知世事之难以使人置信者固多，疆场英雄常唯闺房之命是从，即与此事同样令人难解。抑以个人力量与宇宙相较，究属渺小，故一切不能不归之与天命乎？此情形虽不可解，固亦不足怪，最可怪者，则为此情形仍存在于今日。战前两广独立，传云即由于乩语"机不可失"，数十万人之命运遂决定于方不盈尺之乩盘。主政者于人类已征服自然之今日，而仍不能认识社会进化动力之所在，及政治以及其本身最大决定力量，固不特可哀已也！

一九四六年十二月三日
【选自田仲济著《田仲济杂文集》山东文艺出版社一九九一年版】

"我欲无言"

的的确确不是高攀，学孔老二，我欲无言！

孔老二无言还默行，我却无言也不希望行什么。

过去的一年这么过去了，是什么样子，大家都知道，将来的一年，又会有些什么好兆头呢？迎接这新年的是大钞横飞，一周间，米价从七十几万到一百一十几万，一夜间温度骤降几十度，朔风凛冽，大雪飘飞，被冻毙的路尸数十具：人虽未敢怨，天的确是怒了；如今新年又到了，瞻望来兹，又有何言可讲！

两年四个月以前，初得到了胜利的消息，的确狂欢了一夜，虽然第二天不免有些凄然之感，但总掩不住内心的希望。我在家信中曾写"新年前定可旋里"，我这样安慰八年未见的老母和大哥。我以为四个月的期间总可以回到家，那知道那一年还是局促在山城中度过的。直到第二年的春天，还困顿在那里，而大哥逝世的消息就是三月中得到的。延迟那年的冬天，我才回到了故乡。

母亲见了我只流泪，大嫂嫂见了我一句话也说不出来。许久后她始哽咽着说："大哥连弥留的时候都不得安定，驻军将所有的房子都占据了，还非调换他住的屋子不可。"母亲说："受了八年苦，盼到了今天，可是那八年还不及现在的一月厉害！"我没有流泪，也没有一句安慰的话，我只感到内心要爆裂！唉！道地的是被征者，胜利的又哪是我们呢？经过一夜的熟思，我决意变卖了父亲给我遗留下的一点房产和土地，将家人接到外边来。因为那时土地的负担超出收入的两倍，已无人肯买，我就决定说："我们也弃地逃走罢！"但"野人怀土，小草恋山"，母亲无论如何不肯离开她生长的土地，所以一个月后我只好一个人离开了家乡。回上海后不久，见报上刊出了打了几年游击的故乡的丁叔言先生，因土地太多，胜利后一年来无法担负土地使用费而自杀的消息。他遗嘱的后面写着："九年前今日的勇气，是为的民族生存，今年今日的勇气，是为的个人摆脱！"是的，叔言先生是摆脱了，我们什么时候才能够摆脱呢？看了报深深地自叹。我感到无限的愤怒，然而我却一句话也没说，连悼念的文章也一个字没有写。我所感的，也是亿万人所同感的，我的愤怒，也是亿万人所同愤怒的，我又何必多讲呢！我沉默无言地过去了这一年，眼看着这一年中，情势日坏，烽火日炽，可以想象到，家人所受的熬煎必日甚；可是一年过去，我们仍没有摆脱。

如今新的一年又来了，它的远景是人人可以看到的，又有什么话可讲呢？所以我仍然是我欲无言。

一九四八年一月一日

【选自田仲济著《田仲济文集》江苏文艺出版社二〇〇七年版】